云 著

发现孔乙己

天津出版传媒集团
百花文艺出版社

图书在版编目（CIP）数据

发现孔乙己 / 谷兴云著. -- 天津 : 百花文艺出版社, 2020.6

ISBN 978-7-5306-7811-4

Ⅰ. ①发… Ⅱ. ①谷… Ⅲ. ①鲁迅著作研究-文集 Ⅳ. ①I210.97-53

中国版本图书馆 CIP 数据核字(2019)第 269262 号

发现孔乙己

FAXIAN KONGYIJI

谷兴云 著

责任编辑：魏　青　　**装帧设计**：丁莘苡

绘　　图：俞泳涛　　**题　　签**：蔡伯仁

出版发行：百花文艺出版社

地址：天津市和平区西康路 35 号　**邮编**：300051

电话传真：+86-22-23332651（发行部）

+86-22-23332656（总编室）

+86-22-23332478（邮购部）

网址：http://www.baihuawenyi.com

印刷：天津市汇丰彩色印刷有限公司

开本：889×1194 毫米　1/32

字数：160 千字

印张：8

版次：2020 年 6 月第 1 版

印次：2020 年 6 月第 1 次印刷

定价：46.00元

如有印装质量问题，请与天津市汇丰彩色印刷有限公司联系调换

地址：天津市河西区怒江道 7 号万德科技园内 5 号西

电话：(022)28221256

邮编：300220

目录

自　序

慢读细品识经典

——《孔乙己》:跨越60年的阅读

1945、1946年间,一个十来岁的孩童,正读高小(小学五六年级)。他从一本课外读物中,看到《阿Q正传》中阿Q与王胡打架的片段,读得津津有味。这孩童就是我,第一次阅读鲁迅。首次读《孔乙己》是什么时候,已经记不起来。最晚应在上大学时,因为读的是中文系(旧名国文系,后来确称"汉语言文学专业")。学中文,没读过鲁迅名篇《孔乙己》?不大可能,但没留下清晰记忆。

有实物可证的,是一本文学课的辅导资料:初二(上)文学教学参考书,人民教育出版社,1956年出版。看目录,第4课是《孔乙己》。1957年秋,我初上讲台,应该教过这一课。现在想来,从那一年起,个人阅读《孔乙己》,可分4段(或节点),4种读法。

首先是,"无问题初读"(1957),头一回教《孔乙己》。当时怎么备课,怎么教的,记不得了。可以肯定的是,课文读两三遍,按照参考书编教案,随即进教室上课。备课,讲课,都没产生疑问,学生更没有提出问题。我怎么讲,他们怎么听,填鸭式教学。那次虽然读两三遍，好像懂了，但没多动脑子，竟然没发现问题。这只能叫初读《孔乙己》。

其后，隔了二十多年(1983)，再读《孔乙己》。此时在大学中文系教书，课名叫“鲁迅作品研究”。这次教《孔乙己》，自然不像教中学，着重课文分析，而是提出几个问题，引导学生思考与讨论，有一定研究性。但这次读文本，下的功夫仍不细不深，算是“有问题粗读”。

再过8年(1991)，从一个视角读《孔乙己》，写了一篇文章——《〈孔乙己〉的主题是揭露科举制度吗》，人虽在高校，依然关注中学语文教学。从教学参考书中，看到对主题思想的提示，继续此前学界观点：揭露科举制度罪恶。我认为这一论断，与作品内容不符，于是研究文本，参看有关论著和资料，写了上述质疑文章，投给北京一家杂志，被编辑采用，刊登出来。这次读《孔乙己》，专注于主题思想，无涉其他，所以是“专题研读”。

最后是2017年至今，可称对文本“全篇品读”。起因是，在鲁学重要刊物上，看到一篇《孔乙己》论文，题目标志为“细读”。这引起我浓厚兴趣，但读后有些失望，因为其观点，是对我质疑过的旧说进行新表述。于是，自己也来一次全文仔细研究，有了许多新认识，先写一篇《一个围观读书人的故事——〈孔乙己〉的一种细读》，接着选择不同角度，写出《“没有吃过人的孩子”小伙计——100年后重读〈孔乙己〉》《“被侮辱和被损害的”读书人——重新认识孔乙己》等后续文章。

以上，从初读、粗读，到专题研读，再到全篇品读，所用时间，

1957至2019年,跨越60余年。这就是我的《孔乙己》阅读史吧。

一篇2500多字的小说,读了60多年,有什么感受?

感受之一:经典要"慢读"。经典作品都是耐读的,经得起时间与历史考验,要长时间地,乃至经常地阅读与学习。时间、地点不同,原因、处境、心情等不同,读后的感受和收获,就可能有所不同。我前两次阅读,为适应教学之需,目的明确,而时间不充裕,读得比较匆忙,只求完成教学任务,对经典的理解就有限。后两次,是为研究而阅读,但关注面有差异,花费的功夫不一样,研读所得差别也很大。所谓慢读,还有一个意思是,每一次阅读,不要过于急切,多花一点时间,一遍再一遍,反复读,读细一点,深一点。

感受之二:经典要"细品"。研读经典应注重思考,细致体会与领悟。读时静下心来,凝神专注,排除干扰,进入真正读书状态。与人物同在,参与故事,设身处地感受现场气氛。不妨读读,停停,想想,品味品味。在体悟中阅读,才可能读出新意,有所发现,逐步领会经典的精髓,认识经典的真意。我前两次读《孔乙己》,只浮在文字表面,没有钻进去,缺乏思考,也就提不出问题。后两次,改变读法,情况终有大区别。

以上两点感受,合起来就是:慢读细品识经典。可简为两个字,品读。

关于品读,也有些许认识,可说者如下:

1.顾及全篇。对于作品评论,鲁迅指出:"世间有所谓'就事论事'的办法,现在就诗论诗,或者也可以说是无碍的罢。不过我总以为倘要论文,最好是顾及全篇,并且顾及作者的全人,以及他所处的社会状态,这才较为确凿。"(《"题未定"

草·七》)比较两种评论方法,“就事论事”与“顾及全篇”,鲁迅显然倡导后者。

“顾及全篇”,是着眼作品整体,心中有全局。比方说,评论一株牡丹的优劣,不能仅根据一花一叶,就做出结论。因为它美或不美,在整体形态与局部配合,在绿叶对花朵的映衬,等等。只看一花一叶,而目中无整株,属于“就事论事”,这种评论不可取。关于《孔乙己》的主题,“揭露科举制度罪恶”之说,就没有顾及全篇,属于就事论事,乃至以偏概全。原因是,文本中能联系上科举的,只是没有进学,连半个秀才也捞不到,丁举人等三几处文字;而酒客、掌柜、小伙计等人物,喝酒、温酒、茴香豆、盐煮笋等酒店事物,以及孔乙己和酒客、掌柜等的矛盾、纠葛……全与科举不搭界,扯不上关系。研究《孔乙己》,怎能无视这些内容?

所谓全篇,除主题思想外,小说的人物及其关系,大小情节,乃至结构、段落、词语、句子、标点,等等,均属全篇的内容。所有这些,都是小说不可或缺的组成部分,是整体的各个要素(各部分、各要素之间,自然有轻重、主次之别),也是作者为表现其意旨之所需。一次阅读,或一次写作,可以只关注或只论述某一问题,但要把它作为全篇(整体)的一个部分,一个要素,联系起来阅读或论述,它不是孤立的存在。

2.重视自述。“顾及作者的全人,以及他所处的社会状态”,关注作家及其时代,这是正确研究与评论作品不可忽视的方面。其中,作者对其作品的自述,尤其值得重视,这是理解和评论的重要参考、必要依据。

关于《孔乙己》,鲁迅自述其“主要用意,是在描写一般社会对于苦人的凉薄”(据孙伏园:《〈孔乙己〉》)。此自述堪称钥匙与指针。我根据这一自述,解读小说的人物、情节,乃至词语、句子、标点等,有所领会,据此写出多篇文章。有的论者,对此自述不以为然,说:“鲁迅的看法也还有他不够全面的地方。因为‘一般社会对于苦人的凉薄’这句话侧重于对孔乙己周围群众形象的概括,没有概括出作品主人公孔乙己这一形象所蕴含的深刻的思想内涵。”(黄忠顺:《〈孔乙己〉主题新探》)此“不够全面”说,令人无法认同。孔乙己形象的思想内涵,正是通过“周围群众”的凉薄,特别是他对凉薄的抗争,才得以呈现的。

3.功夫在文本。常见一些论者,采用外部研究法,即在作品之外,寻求某种理论、学说作为依据,对作品进行解读。做法是,以外国兴起的某种新理论、新方法,拿来对照鲁迅思想与作品,演绎一番,作为自己的新论著、新成果。这类论著或文章,通常比较晦涩难懂,甚至不知所云。相反的,论者对鲁迅著作本身,下的功夫不深,给人本末倒置之感。

《孔乙己》的解读,功夫在于文本,从准确领会文意、语意入手。观点的分歧,常因对语词、句子乃至标点,有不同解读而造成。比如,孔乙己所说两句话:

“窃书不能算偷……窃书!……读书人的事,能算偷么?”

一些论者截取“窃书不能算偷”,论定孔乙己自欺欺人,从而否定孔乙己的品格。此系曲解和误判,忽略了句中省略号。两句各有所省。前句省略“东西”一词,补足是:“窃书不能算偷东西,我是窃书!”后句省略“窃书为了读,这是……”之类意思,补全为:“窃书为了读,这是读书人的事,能算偷么?”

4.多多揣摩。品读作品，可用揣摩法，多多揣摩。叶圣陶说，对一篇好作品，“要理解得透，必须多揣摩。读过一遍，再读第二遍、第三遍，自己提出些问题来自己解答，是有效办法之一。说有效，就是增进理解的意思。”（叶圣陶:《揣摩》）我读《孔乙己》就是如此。初写“一个围观读书人的故事”，只注重全文解读，对许多具体问题没注意。后来一读再读，自己提一些问题，自己来揣摩解答，就有了新理解。如：

“自己”的含义。一次，读至“自己摇头说，不多不多，多乎哉？不多也。”一句产生了疑问：“自己摇头说”，“自己”是什么意思？看前文，有“自己知道”，后文有“自己发昏”，全篇共三处“自己”，含义不同。经比较和揣摩，体会出：“自己摇头说”，是对自己摇头说；“自己知道”，是根据亲身体验知道；“自己发昏”的自己，是普通用法，表示与别人无关，自己承担责任。前两个“自己”的意义、用法，是鲁迅在文中的创造。

省略号的作用。孔乙己和“我”谈话中，用三个省略号：“读过书……我便考你一考。”“不能写罢？……我教给你，记着！”“对呀对呀！……回字有四样写法，你知道么？”这三个省略号，有什么作用？经揣摩得知，省略号表示停顿与暂歇，是等待“我”的思考与回答，以此写出孔乙己对孩子的真诚爱心。

以上所说，是我60多年来，阅读《孔乙己》的体会。《孔乙己》是说不完，读不尽的。阅读经典是一种精神享受。在有生之年，我愿继续学习，继续享受。

2019年10月

一个围观读书人的故事
——对《孔乙己》的一种细读

鲁迅对国人的观察，早年就注意到一个现象：喜好围观。在仙台医专讲堂,他从日俄战争幻灯片中,看到日军处决中国人时,“围着的便是来赏鉴这示众的盛举的人们”,而且“显出麻木的神情”。这些参与围观的人们,也是自己久违的同胞。由此,他深受刺激,悟得:“我们的第一要著,是在改变他们的精神”,否则就“只能做毫无意义的示众的材料和看客”[①]。嗣后,他将此现象与体悟,化为小说的故事或情节,藉以警示国人。鲁迅小说常读常新,以此为视角细读《孔乙己》,可以看出,此篇实际写的是:看客们围着赏鉴读书人的故事——以潦倒的读书人[②]为示众材料。

围观的环境

《孔乙己》中表现围观,首先布置好环境:在什么场合围观，看客是些什么人。作品不惜以约五分之一篇幅，近500字[③]，即开头3段（全文共13段），交代场所、人物、时间，等等，预做铺设。

故事发生地——鲁镇，咸亨酒店。鲁迅有5篇小说，20次出现鲁镇；3篇小说，5次写到咸亨酒店。在《孔乙己》，均为首见。从喝酒习俗（饮温热的黄酒，以盐煮笋、茴香豆下酒等）看，这是浙东小镇的酒馆。小说首句，写店堂摆设：当街曲尺形大柜台。这柜台，隔开了店主与顾客，矛盾的双方。接下去，写两种喝酒人，一种站在柜外，热热地喝一碗，一种踱进店内，要酒要菜，慢慢坐喝。两处饮酒点，两种喝法，区分出不同身份的酒客：短衣帮与穿长衫的，即下田干活的穷人，与悠闲的有钱人。两类人界限分明，不容混同。故事发生时间——20多年前。这是以酒价的上涨，巧妙点明的。（交代时间的常见方法有，以"说起来，已经20多年"，或"这是发生在20多年前的往事"之类开头，引出故事。）那时，四文钱买一碗酒，如今（讲故事的时间）要十文。（用多少钱买酒，文中有讲究，不可大意。）提醒读者知道，说的是20多年前的旧事。为什么在20多年后，老话重提？细心的读者，可能留意到这一点。还有，小说写的人物，如文题所示，明明是孔乙己，为什么开篇不说他，而先写来酒店喝酒的人？——读完此段，至少已经留下两个"思考题"，也就是所谓悬念。优秀作品，总是诱使人看下去，探索究竟。（1段）

在咸亨酒店活动的人物，继先出场的上述两类酒客，接着是回说往事的"我"，那时是12岁的酒店小伙计，还有就是酒店掌柜。12岁正是读书年纪，为什么离家，来镇上做童工？其间细情，与故事关系不大，不必说明。要说的是，伙计也有等差。有的在里间，专门侍候长衫主顾，而掌柜说“我”样子傻，侍候不了。在外面的还有区别，有的要能与短衣主顾纠缠（会在壶底掺水），又说“我”干不了，只干了几天，就改派为专管温酒的无聊职务。看来，酒店内里人，也等级鲜明。掌柜虽然不看好“我”，但碍于介绍人的面子，“我”终于留下，干最低等的活儿。——这段写主与仆（掌柜与“我”）的对立，着重叙述“我”的差事，而依然不提孔乙己。（2段）

掌柜精于算计，对人态度不同，因为不喜欢“我”，就只给冰冷、凶狠脸子看。而且，整天站着，做单调、无聊的事，顾客又挑剔，唠唠叨叨，年少的“我”，实在感受不到轻松与快活。唯一例外，是一个特殊顾客来店买酒喝，才“可以笑几声”，放松一下。此人就是孔乙己。“我”之所以提到孔乙己，是因为在沉闷、冰冷气氛中，他带来一点快活。于是，苦涩、孤寂的童工生活，有了一丝暖意：这就是，在20多年后，还记得孔乙己的原因。本段结尾一句，“所以至今还记得”，把故事的叙述，从过去又拉回到现在，时间的线索，十分清楚。——在段末，终于提到主人公。试看戏曲演出，在士卒、偏将、大将等陆续出场后，主帅才威武亮相，这是所谓众星捧月。这篇小说，等待其他人物（围观者，即看客）一一出现后，故事的中心人物（被围观者，即示众材料）才露面，读者由此获得的印象，就愈加强烈。（3段）

小说开头部分（前三段），主要介绍其他人物，看似与围观没有关系，实则必不可少。没有这些围观者（看客），就不存在围观的事实（示众），孔乙己也就不会成为围观对象（示众材料)。被围观者,因围观者而存在。

酒客的围观

随孔乙己登台,咸亨酒店的围观大戏,立即开演。先是主角(被围观者)“亮相”。这段第一句是对他的总写:“孔乙己是站着喝酒而穿长衫的唯一的人。”显示人物的独特性,身兼两种身份,而不属于某一种。第二句写人物外貌,包括身高、面容、胡须三项,各用一个分句(以分号隔开)。“身材很高大”,高大而且“很”,应该超过1米8吧。北方人的个头一般比较高,而在浙东集镇,这样的大个子,必是很吸引眼球。为什么赋予孔乙己如此高度?值得玩味[4]。面部只写“青白脸色”,以及皱纹间“夹些伤痕”,下文均有照应或说明,含义较为明白。下巴的花白胡须,连同额头的皱纹,显示了岁数,孔乙己当有半百左右的年龄。第三句写衣着:所穿长衫又脏又破,似乎十多年没有补、没有洗。这是预写孔乙己坏脾气(下段写到),“好喝懒做”的“懒做”实例,也是提醒读者,此人孤苦伶仃,单身一人,没有妻子(也许原来有妻子,因无吃缺穿而离去)为他洗衣补衫。“似乎十多年”云云,是说,孔乙己逐渐沦落潦倒,已有十多年,也暗示以后的日子不长了。又脏又破的长衫,孔乙己为什么舍不得丢弃?因为,它是身份与尊严的象征,孔乙己最重视。你看,简单一句长衫描写,包含多少内容?第四、五句,写说话特点及名称来源。“总是满口之乎者也，教人半懂不懂”，表现其文化教养。“总是”意为经常是，并非“全是”，即有时是，有时不是。后文各有具体表现。从“孔乙己”名称来源看，鲁镇人只知其姓，不知其名，这因为，谁也不真正了解他，关心他，只拿他逗乐，恶作剧。——此段前5句话，仅151个字，就活画出孔乙己的形象。5句所写种种，都是孔乙己异于常人处，也是他引起围观的自身因素。（4段上）

孔乙己“亮相”已毕，大戏的看客们随即开始赏鉴：“孔乙己一到店，所有喝酒的人便都看着他笑。”注意：“看着他笑”的是“所有喝酒的人”，亦即不论短衣帮或者长衫主顾，“都看着他笑”。但不含小伙计，掌柜也不在内，他们不是喝酒的人。小说表现围观及看客，有区分，有层次，不可忽略。小说先写酒客之间，即酒客（众酒客）对酒客（潦倒的读书人）的围观。有一人首先发现新情况，“有的叫道，‘孔乙己，你脸上又添上新伤疤了！’”此处的“叫道”，即大声喊，应是坐在隔壁的某长衫主顾，他眼最尖，首先发现情况；他与站在柜外的孔乙己，有一定距离，为挑逗孔乙己，只能放大声音“叫道”。（如果是同样站在柜外的短衣帮，对孔乙己说话，无须“叫道”。）这些长衫主顾对孔乙己，不关注别的，只关注他的伤疤，看到“又添上新伤疤”，他们兴奋而惊喜，话里透着满意和快乐，所以句末用叹号。孔乙己不予理睬，只管付钱买酒，要茴香豆。可那些人不依不饶：“他们又故意的高声嚷道，‘你一定又偷了人家的东西了！’”一人（“有的”）先挑事，众人（“他们”）齐响应。“故意”，就是不怀好意，恶意。由新伤疤，他们一致得出结论：“你一定又偷了人家的东西了!”(句末仍是叹号)。这正可以满足他们幸灾乐祸、取笑逗趣的心理需求。“偷东西”,这是有失颜面与尊严的大事,孔乙己这下不能沉默了,他以不能“凭空污人清白”辩驳。此时,另有一人抢先证明:“什么清白?我前天亲眼见你偷了何家的书,吊着打。”事实俱在,无可否认,孔乙己的争辩,只能以“窃书不能算偷……读书人的事”(意思是,偷书不同于偷财物,读书人偷书,是为了阅读)云云,强词夺理。随后是一连串难懂的话,“引得众人都哄笑起来:店内外充满了快活的空气。”这里,参与“哄笑”的,是“众人”,即所有在现场的人,包括那些喝酒的人,连小伙计、掌柜等,通通在内。这就取得挑逗、戏要孔乙己,想要取得的效果:所有人都来赏鉴孔乙己的狼狈与痛苦。——这段写酒客们赏鉴孔乙己,出他的洋相。但,这仅为第一场。所赏鉴的是:他的伤疤,被吊打,以及他的难堪、痛苦,等等。(4段下)

小说开头写到,孔乙己在与酒客争辩中,自称“读书人”。这是怎么回事?下段接着补充,交代有关情况。至于信息来源,据小伙计说,是由“听人家背地里谈论”得来。在鲁镇,也许只有小伙计才关心一点儿孔乙己,不仅知道他如何在酒店喝酒,如何引人发笑,而且留意他的过去。“孔乙己原来也读过书,但终于没有进学”。这是说,孔乙己的读书,没有进学等,是“原来”的事,也就是他年轻时候的事,不是他一生的孜孜追求。⑤由于“不会营生”,以致他“愈过愈穷”。幸亏字写得好,就替人抄书,换碗饭吃。“可惜他又有一样坏脾气,便是好喝懒做。”小伙计为孔乙己的“坏脾气”而感到“可惜”;好在“坏脾气”只有“一样”,并非十样八样；再说，“好喝懒做”只是一种“坏脾气”，不是多么严重的罪恶。这句话中，透着小伙计对他记挂的人，含有一点儿恨铁不成钢的味道。这种感情倾向，还表现在，对孔乙己偷窃一事的说法上：“孔乙己没有法，便免不了偶然做些偷窃的事。”他是“没有法”，是“免不了”，是“偶然”，才“做些偷窃的事”，这明明是在为孔乙己“说情”，轻描淡写，尽量减轻问题的严重性。紧接着，就为孔乙己说好话：“他在我们店里，品行却比别人都好”，并举出例证（“从不拖欠”）。这实际是说，在咸亨酒店，孔乙己是第一好人。评价多高！“虽然间或没有现钱，暂时记在粉板上，但不出一月，定然还清，从粉板上拭去了孔乙己的名字。”这句补充孔乙己品行好的具体表现，也为后文所写“长久没有来”，以及关于粉板的细节，设下伏笔。——此段属补叙，追述孔乙己的身世，他沦落的原因与过程，又表明小伙计对孔乙己的态度，与酒客们及掌柜不同。（5段）

补叙之后，接着用一段文字写酒客们对孔乙己的第二场围观。这些酒客，不放过机会，必欲从孔乙己身上，继续获得更多快乐与精神满足。“孔乙己喝过半碗酒，涨红的脸色渐渐复了原，旁人便又问道，‘孔乙己，你当真认识字么？’”所谓“渐渐复了原”，是指经上一场酒客的戏弄、取乐之后，孔乙己得以“喝过半碗酒”，慢慢恢复平静。但酒客们不允许他有“半碗酒”工夫的平静。“旁人便又问道”，所谓“旁人”，意为其他的人，另外的人（《现代汉语词典》释义），这是说，另一个看客出场挑逗。“孔乙己，你当真认识字么？”完全是无话找话，找茬嬉闹；这是因为，孔乙己再也没有什么别的

"新伤疤"可以被他们利用。对此无聊的问话,"孔乙己看着问他的人,显出不屑置辩的神气。"他不知道,这问话只是由头。"他们便接着说道,'你怎的连半个秀才也捞不到呢?'"比起上一场围观,这次相同,又是一看客("旁人")先挑事,众看客("他们")齐出动。"连半个秀才也捞不到",这是掀孔乙己的老底,揭旧伤疤。没有"现行",就纠缠"历史",非斗倒批臭不可。(直到几十年后,一场场政治运动、阶级斗争的做法,依旧袭用老谱。)这掀老底,揭伤疤,终于使孔乙己再也招架不住,狼狈不堪,只得以"全是之乎者也之类"的话,来掩饰自己的窘境。(其实,所谓捞不到半个秀才,即没有进学,这很正常。就像现在的公务员考试,考不上并不丢人,毕竟考上的很少。鲁迅与周作人在当初,就曾一同参加过科举县考,结果双双落第,二人并不认为是耻辱。但孔乙己自尊心太强,以为自己没进学,是一生的羞耻。酒客们以此嘲讽孔乙己,更是"小人之见"。)于是,"在这时候,众人也都哄笑起来:店内外充满了快活的空气。"至此,看客们的第二场围观喜剧、闹剧,才终场落幕。——这段写咸亨酒店的酒客,不仅赏鉴孔乙己晚年的窘迫与潦倒,连他年轻时读书求进而仕途未通,也成为笑柄。在他们看来,仿佛这个读书人活着,就是一个笑料。(6 段)

第二部分(4、5、6 段),小说接连写两场围观,表现的是酒客们对孔乙己没完没了的嘲讽与戏弄。这是所写围观的重要内容,即酒客对孔乙己的凌辱,属围观常态,是经常性的。但并非小说要写围观的全部,后文还有两场。

孩子与围观

鲁迅关爱孩子，他呼吁："完全解放了我们的孩子！"[6]在其小说世界里，总是活动着孩子的身影。《孔乙己》的篇幅十分有限，但也给孩子留出两段。前一段写孔乙己对小伙计的关心。开始两句，是行文的衔接，情节的交代。"在这些时候，我可以附和着笑，掌柜是决不责备的。"这句值得注意的，一是"在这些时候"，比上段末尾"在这时候"，多了一个"些"字，即多了"不定的数量"（辞书释义），就是上面写的围观，不限定这次或那次，实际是多次，亦即常态。二是"附和着笑"，就是随着笑，跟着众人"笑几声"，这与酒客群起嘲笑，制造哄笑，而且作为"家常便饭"，有明显不同，小伙计没有参与围观。"而且掌柜见了孔乙己，也每每这样问他，引人发笑。"其中"每每"，就是常常，此处既是补充说明（掌柜平时也参与围观），又为后文专写掌柜的挑逗设下伏笔。掌柜问孔乙己，是为"引人发笑"，就是引导大家（主要是酒客们）笑起来。由他直接出面逗引、戏弄孔乙己，形成群体发笑，是为活跃气氛，吸引人来店喝酒，属于生意经，其动机与酒客略有不同。下面，即这段主要文字，写孔乙己与小伙计的对话，表现二人的关系不同于其他人（酒客、掌柜等）。"孔乙己自己知道不能和他们谈天，便只好向孩子说话。"孔乙己不是自我封闭、自甘孤独的人，他渴望与人交往，但在鲁镇成人中，在咸亨酒店，没有人平等对待他，愿意与他聊天，他只好“向孩子说话”。“向”，具有主动性。接下去，小说通过语言、神态、情绪等的对比描写，显示二人的一热一冷。对孔乙己，写他关注小伙计，热心教写字，教认字，其语言是，一问：“你读过书么？”（不问别的事，作为读书人，他最关心孩子的是读过书吗。）二考：“茴香豆的茴字，怎样写的？”（“茴”是酒店常用字，从眼前食物引出话题，属“即景生情”。）三说：“不能写罢？……我教给你，记着！这些字应该记着。”（所谓“这些字”，不限于一个“茴”字，意思是要多学。）并且鼓励他“将来做掌柜”，如何如何。四问：“回字有四样写法（这属于文化知识，孔乙己确实懂得不少），你知道么”：前后四写语言。其神态与动作是：一、“等了许久，很恳切的说道”；二、“显出极高兴的样子，将两个指头的长指甲敲着柜台，点头说”；三、“用指甲蘸了酒，想在柜上写字”；四、“又叹一口气，显出极惋惜的样子”。也是四次，写神态动作变化。这些描写，充分表现出孔乙己对小伙计的关注与热心。这种关注、热心，不见于众酒客，更别提掌柜了。对小伙计，写他对孔乙己的冷淡：只“略略点一点头”代表回答，“便回过脸去，不再理会”，感到“又好笑，又不耐烦，懒懒的答他道，‘谁要你教……’”，以至“愈不耐烦了，努着嘴走远”。其内心活动是，“我想，讨饭一样的人，也配考我么？”“我暗想我和掌柜的等级还很远呢”，等等。孔乙己的热，与小伙计的冷，形成鲜明对比。对二人的处理，以写孔乙己为主，写小伙计为次，主次分明。——本段所写小伙计对孔乙己的冷淡，是 20 多年前的事，与上文

“我”补述孔乙己身世时的态度(经过生活历练,对少年时代的情感、认识,已经有所反思)存在差异;与酒客们的嘲笑、戏耍,更是不同。小伙计当年嫌弃孔乙己的,只是“讨饭一样的人,也配考我么”,着眼其生活的困窘,不是跟着酒客,嘲笑他 “又偷了人家的东西了”,“连半个秀才也捞不到”,等等。(7 段)

小说写孩子的第二段,相比第一段,属于略叙(前段 380 字,这段只 142 字),写一群孩子对孔乙己的围观。“有几回,邻舍孩子听得笑声,也赶热闹,围住了孔乙己。”这些孩子,比小伙计小几岁,属于儿童,自然更幼稚、单纯一些,没有大人的势利。孩子之所以来,是被酒店的笑声吸引,“赶热闹”。他们所以“围住了孔乙己”,只是觉得这人有些特别,并没有说什么, 做什么。是孔乙己采取主动:“他便给他们茴香豆吃,一人一颗。孩子吃完豆,仍然不散,眼睛都望着碟子。”对于围住自己的孩子,孔乙己没有驱赶,或者视而不见,不予理睬(这种情况在生活中很常见),而是拿自己的下酒物,分给他们吃,以为他们吃完就会散去(被孩子围着,毕竟不是好事)。但孩子们没有散,还想再要,“眼睛都望着碟子”。这下,“孔乙己着了慌,伸开五指将碟子罩住,弯腰下去说道,‘不多了,我已经不多了。’”为什么“着了慌”? 因为喝两碗酒,只买一碟茴香豆“做下酒物”,碟中物本就不多,何况已经吃了一些。他担心孩子自己动手拿,所以“伸开五指将碟子罩住”, 同时向孩子解释, 何以不能再给。“弯腰下去说道”,这弯腰动作不可忽略,孔乙己固然“身材很高大”,但面对眼前的孩子,完全可以直身说话,不必弯下身子;弯下腰,是放低身段，平视对方，这样亲切一点。“不多了，我已经不多了。”（句末是句号，叙述语气。）这不是责怪的话（贪吃，给了还想要），只是说明原委（有点商量意味）：我还要用来下酒，不能再给了。接下来的动作、语言，更有意思。“直起身又看一看豆，自己摇头说，‘不多不多！多乎哉？不多也。’”接连三个动作：“直起身”，表示解释完，恢复正常状态，结束对孩子的告白；“又看一看豆”，再察看剩余的下酒物；“自己摇头说”，自我证实茴香豆确实不多了。连续两句自言自语：先一句“不多不多！”句末用叹号，是孔乙己带着感情的自我欣赏：茴香豆给得好，既应对了孩子，又不影响自己下酒。（“不多了”与“不多”不同，前者是对孩子说的，后者是对自己说的，各有所指。）第二句“多乎哉？不多也。”随口引一句《论语》中的话，颇为贴切（意思是：给多了吗？不多呀！）是进一步自我陶醉，形态可掬。最后，孩子的围观结束，“于是这一群孩子都在笑声里走散了。”这里，补充交代孩子的数量，是“一群”（送出去的茴香豆自然不少），他们终于全走了。孩子是“在笑声里走散”的（不是他们自己嬉笑着走散），这笑声，应发自酒店里的人们。可见，孔乙己与孩子的一番交集，他的举动、话语，尤其最后一句转文（之乎者也），又一次“引得众人都哄笑起来”。——这段所写孩子围观，与前文写的酒客围观完全不同。在这里，孔乙己虽是被围观者，但他居于主导地位，不仅未受伤害，反而得到一次表现与宣泄的机会。如此处理，既展露其人性的可贵一面（亲切对待陌生孩子，平等对话），又显示他自我满足、称心如意的情绪。（8段）

第三部分（7、8段），是对孔乙己的正面描写：一个潦倒的读书人，虽跌落在社会底层，备受欺凌与侮辱，但依然保持读书人的自我尊严，以及正常人的喜怒哀乐。与第二部分的反面描写（表现其备受欺辱）恰成对比。

掌柜的围观及故事的结尾

小说从概叙转入特叙，即从叙述平日的围观（酒客之辈为看客），进入描述最后的围观（掌柜为看客），特地设置一个小段，就是所谓过渡段。其实仅一句话："孔乙己是这样的使人快活，可是没有他，别人也便这么过。"对这句话，叶圣陶先生的专文《〈孔乙己〉中的一句话》[7]，已经做了精辟分析，研究《孔乙己》应该参看叶老的见解，在此不予引录或重述，这里只写一点个人的理解。前半句"孔乙己是这样的使人快活"，实际是对孔乙己沦落中的遭遇，所受嘲笑与欺辱（即鲁镇人，尤其酒客们从孔乙己所得"快活"与"欢乐"）的浓缩与概括，十多年里，孔乙己就是这样走过来的。后半句的"没有他"，含两重意思，既指孔乙己一段时间的消失，也指他永远走去；"别人也便这么过"，指孔乙己带给鲁镇人的所谓快活，只是暂时的，作用微乎其微，鲁镇生活的无聊、混沌，则永恒不变。（9段）

下面两段，写掌柜对将死的孔乙己，进行最后赏鉴。前段的开始："有一天，大约是中秋前的两三天，掌柜正在慢慢的结账，取下粉板，忽然说，'孔乙己长久没有来了。还欠十九个钱呢！'我才也觉得他的确长久没有来了。"为什么是中秋前？依照传统习俗，中秋与春节，店铺均须结账，而春节期间要关门过年，中秋却不歇业，照常开门做生意。再者，中秋过后，就是肃杀的寒冬，这与孔乙己悲凉地死去，气氛相协调。为什么写结账？不结账，就发现不了孔乙己欠钱，也就没有后面的讨账。"慢慢的"（连同后文，两次"慢慢的"）结账，就是精细地计算，也因生意清淡，顾客少（后面说，只有一个酒客，再后，一个也没有），不必抓紧算。欠十九个钱，是两次喝酒欠下的，其中一次，孔乙己要了两碟下酒菜（最奢侈的一次，平常都是买两碗酒，一碟小菜，九文钱）。下面写掌柜与一个酒客的对话。那酒客告知，孔乙己所以"长久没有来"，是因为他偷了丁举人家的东西，"打了大半夜，再打折了腿"。而掌柜则一再追问，"后来怎么样？""后来呢？""打折了怎样呢？"从这番对话，可思考：1.为什么是丁举人，而不是赵贵翁（《狂人日记》），鲁四老爷（《祝福》），或者赵太爷、钱太爷（均见《阿Q正传》）之流？一则丁举人有钱，穷困到极点的孔乙己，说不定真想去偷点值钱的东西，不再是"书籍纸张笔砚"；二则丁举人又有势，（"他家的东西，偷得的么？"）他可以私设公堂审小偷，任意处置偷他东西的人。（《阿Q正传》中，有一个"百里闻名的举人老爷"，也是代表权势的老爷。）2.掌柜为什么一直追问"后来怎么样？"不是关心孔乙己被打断腿，他只是想知道，能不能讨回孔乙己欠下的十九个钱。——这一段是铺垫，交代孔乙己被丁举人毒打致残，而掌柜只关注孔乙己欠的钱。（10段）

接下来一段，也是从节令，特别是气候写起："中秋过后，秋风是一天凉比一天，看看将近初冬；我整天的靠着火，也须穿上棉袄了。"这里的"靠着火，也须穿上棉袄"，与下文的孔乙己"穿一件破夹袄"，构成对比。接下去，"一天的下半天，没有一个顾客，我正合了眼坐着。"为什么是下半天？此时正是散工时候，却没有短衣帮到来，"花四文铜钱，买一碗酒"，"热热的喝了休息"。生意真的很清淡，也是暗写鲁镇（浙东地区，乃至更大范围）的经济萧条。在这时，孔乙己出场，但只是声音。"忽然间听得一个声音，'温一碗酒。'这声音虽然极低，却很耳熟。"为什么声音"极低"？被打断腿而又饥寒交迫的孔乙己，说话已经没了气力，应是生命即将走到尽头。请看此刻的他："那孔乙己便在柜台下对了门槛坐着。他脸上黑而且瘦，已经不成样子；穿一件破夹袄，盘着两腿，下面垫一个蒲包，用草绳在肩上挂住；见了我，又说道，'温一碗酒。'"还能认出是那个"身材很高大；青白脸色……"，说"温两碗酒，要一碟茴香豆"的买酒人吗？（命运的变化，莫过于此吧。）所以，掌柜看到他先问："孔乙己么？"接着就讨债，"你还欠十九个钱呢！"在听到许诺"下回还清罢"（孔乙己自己，真的认为还有下回？掌柜也许相信，因为孔乙己过去"从不拖欠"）之后，开始了赏鉴："仍然同平常一样，笑着（注意，是"笑着"）对他说，'孔乙己，你又偷了东西了！'"孔乙己的回答："单说了一句'不要取笑！'"孔乙己终于对掌柜，也是对所有看客，发出了抗争，虽然声音微弱，显示不出多少力量，却是发自内心。而赏鉴仍继续："取笑？要是不偷，怎么会打断腿？"孔乙己在抗争之后，又提出恳求，"孔乙己低声说道，'跌断，跌，跌……'他的眼色，很像恳求掌柜，不要再提。”这恳求，这“不要再提”，也是针对所有看客的。掌柜引起围观的效果，只是“此时已经聚集了几个人，便和掌柜都笑了。”可谓效果微微，招来稀稀拉拉几个人，他们不是酒客，也许是邻居和路人；已经布不成看客的阵势，更不能“引得众人都哄笑起来：店内外充满了快活的空气。”（围观的式微，自然与咸亨酒店生意惨淡，甚至衰败，有密切关系。）只有小伙计，对孔乙己依旧关注。“我温了酒，端出去，放在门槛上。他从破衣袋里摸出四文大钱，放在我手里，见他满手是泥，原来他便用这手走来的。不一会，他喝完酒，便又在旁人的说笑声中，坐着用这手慢慢走去了。”从这不露声色，似乎不含感情的，一连串动作与注视中，读不出小伙计的关心和怜悯？不管怎样，是他目送孔乙己从咸亨酒店，也是从鲁镇，乃至从人世，“慢慢走去”的。孔乙己用手走去的背影，深深地刻在小伙计心里，时间虽然过去20多年，却是记忆犹新。这个潦倒读书人的最后背影，也留在了同代及后世读者的记忆里。——这段专写掌柜对孔乙己的最后围观，也是写孔乙己离开人世前，来告别酒店与鲁镇，最后“温一碗酒”喝。酒，是孔乙己在人世的唯一享受，唯一朋友。（11段）

第四部分（9、10、11段），写围观的终结，即：写孔乙己死前，最后一次作为示众材料被赏鉴。

末了两段是故事的结尾。“自此以后，又长久没有看见孔乙己。”而掌柜逢年过节，如春节，端午……一直记挂着“孔乙己还欠十九个钱呢！”在小伙计，他记挂的却是：“我到现在终于没有见——大约孔乙己的确死了。”从“长久没有看见”（当年），到“终于没有见”（现在），小伙计记挂了20多年。最后一句，“大约孔乙己的确死了”，这是已经成年的小伙计，对当年一酒客所说“许是死了”，最终做出的证实，也是对读者的交代。一颗悬着的心，可以放下了。（12、13段）

结束部分（最后两段），故事述说终了。“我到现在”如何，小说又回到开篇说故事的时间。留给读者的则是无限的遐想，持久的思考。

审视及表现

鲁迅从留学时代，在仙台看到围观场景，直至晚年在上海生活与写作，他始终审视着国人对围观的喜好。“在中国，尤其是在都市里，倘使路上有暴病倒地，或翻车摔伤的人，路人围观或甚至于高兴的人尽有，肯伸手来扶助一下的人却是极少的。”[8]这是1933年6月揭示的社会现象。在作品中，他一再表现或抨击国人这一喜好。

先看鲁迅在杂文中，关于看客的评论，如：“群众，——尤其是中国的，——永远是戏剧的看客。……北京的羊肉铺前常有几个人张着嘴看剥羊，仿佛颇愉快，人的牺牲能给与他们的益处，也不过如此。而况事后走不几步，他们并这一点愉快也就忘却了。对于这样的群众没有法，只好使他们无戏可看倒是疗救。”[9]

“暴君的臣民，只愿暴政暴在他人的头上，他却看着高兴，拿‘残酷’做娱乐，拿‘他人的苦’做赏玩，做慰安。自己的本领只是‘幸免’。从‘幸免’里又选出牺牲，供给暴君治下的臣民的渴血的欲望，但谁也不明白。死的说‘阿呀’，活的高兴着。”[10]

鲁迅小说中，有许多围观情节和场景。略举几例：

《狂人日记》中围观狂人：“早上小心出门，赵贵翁的眼色便怪：似乎怕我，似乎想害我。还有七八个人，交头接耳的议论我，又怕我看见。一路上的人，都是如此。其中最凶的一个人，张着嘴，对我笑了一笑；我便从头直冷到脚跟，晓得他们布置，都已妥当了。”[11]

《药》中围观杀头：“一阵脚步声响，一眨眼，已经拥过了一大簇人。那三三两两的人，也忽然合作一堆，潮一般向前进；将到丁字街口，便突然立住，簇成一个半圆。老栓也向那边看，却只见一堆人的后背；颈项都伸得很长，仿佛许多鸭，被无形的手捏住了的，向上提着。静了一会，似乎有点声音，便又动摇起来，轰的一声，都向后退；一直散到老栓立着的地方，几乎将他挤倒了。”[12]

《明天》中围观婴儿之死：“宝儿的呼吸从平稳变到没有，单四嫂子的声音也就从呜咽变成号咷。这时聚集了几堆人：门内是王九妈蓝皮阿五之类，门外是咸亨的掌柜和红鼻子老拱之类。”[13]

《阿Q正传》中围观枪毙人游街：“这车立刻走动了，前面是一班背着洋炮的兵们和团丁，两旁是许多张着嘴的看客，后面怎样，阿Q没有见。”“他惘惘的向左右看，全跟着马蚁似的人，而在无意中，却在路旁的人丛中发见了一个吴妈。”“阿 Q 在百忙中，‘无师自通’的说出半句从来不说的话。‘好！！！’从人丛里，便发出豺狼的嗥叫一般的声音来。”⑭

以上均见于《呐喊》。在《彷徨》中，有描写围观祥林嫂的《祝福》，有描写围观疯子的《长明灯》，还有专写街市围观现象的《示众》，等等，不再一一引列。

相比以上诸篇，《孔乙己》对围观的描写具有独创性。主要是：一、在题材选择（人物塑造）上，以潦倒的读书人为中心人物（被围观者），相异于诸篇中的迫害狂病人（《狂人日记》）、被处决的革命者（《药》）、夭亡的孩子（《明天》）、失地的农民或称游民（《阿 Q 正传》），以及精神失常的女佣（《祝福》）、疯子（《长明灯》）和犯人（《示众》）等特殊个体（这 7 人中，有 3 人为精神病患者）。鲁迅关注社会特殊人物，同样关注读书人群体。“读书人”之称，当下很少听到，因为读过书的人太多了，现在替代名称是“知识分子”。但在鲁迅时代（五四时期）或之前，“读书人”为通常叫法，孔乙己就自称读书人。（在鲁迅著作中，“读书人”出现 65 次，“知识分子”仅 5 见。）那时，全民中读书人很少，属社会精英阶层，但也有少数或个别沦落潦倒者。这些人的命运如何？鲁迅的目光，也投向他们。社会精英沦为示众材料，更说明围观的普遍性与严重性。此即《孔乙己》选材（塑造人物）的着力点。

二、在表现手法上，围观场所设置在酒店，以喝酒人为看客（他们没有把孔乙己围起来），而不是易于出现围观的街市、路边，以闲杂人等为看客（上举 7 篇中，有 5 篇做此安排）；叙述人选择小伙计（“我”），由他回述往事，等等。这种艺术构思，决定了篇中未出现常见的围观场景，因而使得读者、编者与教者（《孔乙己》是中学语文教科书的传统篇目），乃至研究者，忽略了本篇是表现围观的小说，加之未对文本细致研读，就导致出现种种误读。

围观有什么不好？鲁迅为何如此关注，并"热衷"表现国人这一喜好？——鲁迅留学日本期间，研读过美国传教士明恩溥的《中国人气质》，受到影响：此书列有中国人的"麻木不仁""缺乏同情心"等专章，写到"中国人缺乏同情心的最突出的表现是残酷。……中国人对于别人的痛苦之冷漠无情，大概是任何一个文明国家都无法相比的。"[15]等等。终生致力于研究并改造国民性的鲁迅，正是从国人喜好围观这一现象，关注并表现国人的麻木不仁、缺乏同情心、残酷等，藉以引起世人警觉，"改变他们的精神"。

注释：

①《呐喊·自序》，《鲁迅全集》第1卷，人民文学出版社，1981年版，第416、417页。

②"潦倒的读书人"，是叶圣陶先生为孔乙己定性，见其《未厌居文谈·〈孔乙己〉中的一句话》，《叶圣陶语文教育论集》上册，教育科学出版社，1980年8月版，第273页。

③关于《孔乙己》的字数，此前论者多以"不足（不满、不到）三千字"之类表述。现在有了统计数字："连同标题、标点符号、写作时间在内，只有2500余字。"（张中良：《〈孔乙己〉细读》，《鲁迅研究月刊》2016年第9期）按，据电脑"字数统计"，几项合起

来,《孔乙己》全文字数2596个,字符数2611个。

④为什么赋予孔乙己“很高大”的“身材”,论者说法不一。可否这样理解:1.“鹤立鸡群”,引人瞩目。2.身材高大,也说身材魁梧,给人的第一印象是正面、积极的,此人本可有大作为,“天生我材必有用”。但孔乙己的命运却是悲惨的,他不仅一生毫无作为,而且成为公众取笑对象。这令人唏嘘,也发人深思。3.在文本中,从“很高大”,到“弯腰下去”,再到对掌柜须“仰面答道”,高度一降再降,象征孔乙己的一步步跌落。

⑤《鲁迅大辞典》(人民文学版,2009年)“孔乙己”条说,孔乙己“科举屡试不中”,此语无文本依据。其他一些论著,也常有此类说法。

⑥《热风·四十》,《鲁迅全集》第1卷,人民文学出版社,1981年版,第323页。

⑦叶圣陶:《未厌居文谈·〈孔乙己〉中的一句话》,《叶圣陶语文教育论集》上册,教育科学出版社,1980年8月版,第273页。

⑧《南腔北调集·经验》,《鲁迅全集》第4卷,人民文学出版社,1981年版,第540页。

⑨《坟·娜拉走后怎样》,《鲁迅全集》第1卷,人民文学出版社,1981年版,第163–164页。

⑩《热风·六十五 暴君的臣民》,《鲁迅全集》第1卷,人民文学出版社,1981年版,第366页。

⑪《呐喊·狂人日记》,《鲁迅全集》第1卷,人民文学出版社,1981年版,第423页。

⑫《呐喊·药》,《鲁迅全集》第1卷,人民文学出版社,1981年版,第441页。

⑬《呐喊·明天》,《鲁迅全集》第1卷,人民文学出版社,1981年版,第453页。
⑭《呐喊·阿Q正传》,《鲁迅全集》第1卷,人民文学出版社,1981年版,第525-526页。
⑮《中国人气质》,[美]亚瑟·亨·史密斯著,张梦阳、王丽娟译,敦煌文艺出版社,1995年版,第157页。按:此书有多种中译本,有的译名为《中国人的素质》或《中国人的性格》等。

(《鲁海求索集》)

《孔乙己》的主题是揭露科举制度吗？

关于《孔乙己》的主题，这些年来，被全国各地教师作为讲解、分析依据的教学指导、参考用书，都断言这篇作品的主题是揭露科举制度的。

但细读、深思原作，人们有理由怀疑这些论断的可靠性、正确性，因为它们和作品实际不符。

作品为孔乙己安排的活动场所，是鲁镇的咸亨酒店，所写围绕孔乙己的人物是小伙计、掌柜、酒客（长衫主顾和短衣帮）……所写事件是，人们由孔乙己到这小酒店喝酒引起的议论。这些，都和科场应试、科举制度没什么关系。所谓“科举制度的腐朽”“科举制度的罪恶”……表现在哪里？如果《孔乙己》的立意，确系揭露科举制度的罪恶，那么这些环境、人物、事件都是游离在主旨之外的。作品所写和科举制度有关的人只有丁举人，有关的事只有孔乙己“终于没有进学”“连半个秀才也捞不到”，但都只是提到（丁举人是未出场的人物），不是重点所在。孔乙己的遭遇自然和科举制度有联系，但作品并非从这一方面表现他的悲剧。

文学作品的特定主题，总要通过特定的题材来表现；主题寓于题材之中，而不是游离在题材之外。人们通常把人物、情节、环境看作构成小说的三要素。既然这样，小说的主题就不应，也不会脱离这三要素。就阅读、欣赏而言，小说的主题应是从对全部题材，也就是人物、情节、环境三要素的分析中归纳、提炼而来。《孔乙己》既未着力写与科举制度密切相关的人物、情节、环境，怎么能说它的主题是揭露科举制度？

为了正确理解《孔乙己》的主题，研究一下鲁迅本人的有关阐述是很有必要的。

鲁迅在《〈孔乙己〉作者附记》中说："这一篇很拙的小说，还是去年冬天做成的。那时的意思，单在描写社会上的或一种生活，请读者看看，并没有别的深意。"

这"社会上的或一种生活"是什么生活？鲁迅这里没有明说。据孙伏园转达鲁迅当年告诉他的意见："《孔乙己》作者的主要用意，是在描写一般社会对于苦人的凉薄"（孙伏园：《鲁迅先生二三事·〈孔乙己〉》）。

这就很明确了。"描写一般社会对于苦人的凉薄"，可说是鲁迅诸篇小说的一个共同的重要主题。只要把《药》中夏瑜、《明天》中单四嫂子、《阿Q正传》中阿Q、《祝福》中祥林嫂、《示众》中"白背心"等鲁迅笔下人物，与各自社会环境的关系联系起来考察，问题就更清楚了。鲁迅在《我怎样做起小说来》一文中说："所以我的取材，多采自病态社会的不幸人们中，意思是在揭出病苦，引起疗救的注意。"又在《英译本〈短篇小说集〉自序》中说："偶然得到一个可写文章的机会，我便将所谓上流社会的堕落和下层社会的不幸，陆续用短篇小说的形式发表出来。”这些都在说明，他所写的“不幸的人们”都生活在“病态社会”中，他总是把不幸者和社会联系起来。《孔乙己》用意在“描写一般社会对于苦人的凉薄”，正是这思想的体现。

把《孔乙己》所写人物、情节、环境和作者自述的“主要用意”联系起来看，二者是非常契合的。小伙计由孔乙己到店而产生的快活，众人（酒客们）对孔乙己的取笑，掌柜对孔乙己欠钱的一再记挂……所有这些，都和表现“描写一般社会对于苦人的凉薄”，这一“主要用意”和谐一致，都是为表现“主要用意”服务的。

人民教育出版社出版的《阅读参考书》和《语文参考书》都把“鞭挞丁举人之类地主豪绅的冷酷与暴虐”，包容在主题之中，这也是值得研究的。

首先，丁举人残忍地打断孔乙己的腿，自然表明他是冷酷、暴虐的，但作者并非仅仅为了表现丁举人的冷酷、暴虐才写这一情节。小说没有正面描写，丁举人如何打断孔乙己的腿，而只是放在暗场处理，让酒客说出这件事，作为谈笑材料。对受害者的伤残痛苦，毫无同情之心，还拿来取笑，这就更有力地表明“社会对于苦人的凉薄”。在众酒客之外，再写丁举人其人其事，也是从另一侧面、另一阶级表现社会的凉薄。这就表明，对于苦人凉薄的，是全部社会，是所有的人。

其次，主题应是统贯全篇的中心思想。丁举人对孔乙己的肉体摧残，只是作品所写许多情节中的一个情节，且不是作品的主要情节、主要矛盾——如上所述，仅系孔乙己最末一次到酒店，人们谈话、取笑的材料。把对丁举人与孔乙己关系的分析，扩大而为全文的主题，这是不恰当的，当属"以偏概全"之举。

第三，一篇文章的文字是有限的，在有限的篇幅中，只能集中表达一个最主要的思想，也就是只能确立一个中心思想（主题）。如果要表达两个或两个以上主题，就会意多而乱文；什么都想说，什么也说不清楚。《孔乙己》一文，如果确像参考书所说，既揭露科举制度，又鞭挞丁举人之流，那就犯了写作的大忌，意多而乱文。

和作品的主题密切相关，造成孔乙己悲惨结局的根源也值得探讨。《语文参考书》说，是"封建科举制度无情地摧毁了他的肉体和灵魂"（第173页），《中学语文教学指导书》（人教社版）和《阅读参考书》也都强调"备受科举制度摧残"。

对孔乙己的悲剧，只归咎于科举制度，这恐怕不全面。根据作品的交代：

> 孔乙己原来也读过书，但终于没有进学，又不会营生；于是愈过愈穷，弄到将要讨饭了。幸而写得一笔好字，便替人家钞钞书，换一碗饭吃。可惜他又有一样坏脾气，便是好喝懒做。坐不到几天，便连人和书籍纸张笔砚，一齐失踪。如是几次，叫他钞书的人也没有了。孔乙己没有法，便免不了偶然做些偷窃的事。

这里所写造成他一生潦倒的原因，一是“没有进学，又不会营生”，一是“好喝懒做”的坏脾气。“不会营生”也好，“好喝懒做”(许多读书人的通病)也好，形成的根由恐怕应说是封建教育，而不是封建科举。“封建教育”和“封建科举”是两个不同的概念(二者自然有联系)。后者只是一种选拔人才(官吏)的方法，属于人事制度；前者才是决定培养什么样的人，所培养的人具有什么样的思想。同样，孔乙己放不下读书人的架子，穷愁潦倒而不肯脱下又脏又破的长衫，以及满口“之乎者也”等等，也是由封建教育、封建思想所决定，而不是封建科举。

孔乙己的人生悲剧有一个发展过程，可分为前后不同时期。读书、应试和落第，是他先前的事，即作品所谓“也读过书，但终于没有进学”。也就是说，科举制度只对他前一时期的生活道路，起了直接影响作用，而不是决定了他整个一生。封建时代的落第书生们，并非个个成为孔乙己一样的废物。在孔乙己的后一时期，应该说主要是“社会对于苦人的凉薄”，把他一步步逼进坟墓。

(《中学语文教学》1991年第7期)

“没有吃过人的孩子”小伙计
——100年后重读《孔乙己》

鲁迅的经典小说《孔乙己》，创作于1918年冬，至今已达100年。与此相应，众多学者、评论家，对这篇小说的研究，也近乎一个世纪，可谓成果累累。小说全文，虽然只有大约2600个字，几代专家的各种解读与研究，却远不能说已经精准、全面、透彻。既有的一些论断，仍可讨论，再讨论；何况，有的课题尚待开掘，好像未垦的处女地。比如，怎样认识小伙计，就很值得探究。拙文不揣浅陋，姑且一试。

一、被忽略的主要人物

在《孔乙己》的历来研究中，论者的关注目光，均投射于孔乙己本人，而从小伙计身上掠过。小伙计是小说的主要人物，忽视小伙计，就不能全面、准确地评价主人公孔乙己，乃至整篇作品。这种不足，亦见于此前出版的鲁迅学重要论著，以及新近刊发的细读文章。

1986年出版的《鲁迅小说新论》（下称《新论》），被评为“推陈出新型研究成果的代表”，是“全面分析鲁迅25篇小说的第一部专著”[①]。此书关于《孔乙己》的专论《社会对于苦人的凉薄——论〈孔乙己〉》，只在回答有关小说艺术手段、艺术途径的问题时，阐述了小伙计的故事叙述人作用，说：“小伙计在作品里不仅担当了叙述故事的职责，而且能够处处对主人公以及他的遭遇从正反面起着衬托的作用。”[②]即，《新论》认为，小伙计只在作品的艺术表现方面，具有积极意义。

两年后出版的《鲁迅研究》（下称《研究》），曾获得“扎实深厚，颇见功力”[③]赞语。这书下册的专文《关于〈孔乙己〉的分析和研究》[④]，在前两部分（分析孔乙己形象、辨析作品主题思想），对小伙计的形象，及其对主题思想的作用，均未触及；在后一部分（艺术表现、艺术风格的阐述），只提到孔乙己“热心帮助小伙计”一事，却没有对小伙计本人做什么论述。

《新论》与《研究》，均出版于鲁迅研究“出现了一个前所未有的新高峰”[⑤]时期，即20世纪80年代。前者出版之后30年，即2016年，在鲁学重要刊物上，看到一篇《〈孔乙己〉细读》（下称《细读》）[⑥]。近二三十年里，难得一见对《孔乙己》的全面研究，因而此篇很引起瞩目。可是，此文虽标明是对《孔乙己》的细读，却不见关于小伙计细读点什么；全文两大段，分别是“咸亨酒店里的孔乙己”，“孔乙己的前世今生”，明显只对孔乙己进行细读，而将小伙计排除在外。

以上三篇代表性论文，大约可以显示一百年来，包括近时，学者们研究《孔乙己》的思路与视野，对文中人物，关注面局限于主人公孔乙己，而忽略了小伙计及其他人物。

为什么不能忽略小伙计?

从作品艺术构思看。"《孔乙己》作者的主要用意，是在描写一般社会对于苦人的凉薄。"⑦为此，小说设置了孔乙己、小伙计、掌柜、酒客、邻舍孩子、几个人("此时已经聚集了几个人"的"几个人")，是一些不同身份、不同年龄，处于不同生活状态的人物。所有这些人物，对于描写社会凉薄的"主要用意"，应具有不同作用，他们"各司其职"，没有多余的，可谓"一个都不能少"。因此，研究与论述《孔乙己》，固然应重在关注主人公孔乙己，但不能无视或忽略其他人物，尤其小伙计，否则，其研究结论，必定是偏颇，不准确的。

从文字分量看。孔乙己虽是主人公，其所占文字分量，却不比小伙计多。如，小说开头两段文字，就与孔乙己无直接关系，是在第三段末尾，才提及"孔乙己到店"怎样。小伙计作为叙述者，全文都是他说的话，无处不在。孔乙己的故事，是小伙计说给读者听的。从这个意义而言，没有小伙计，就没有孔乙己。研究孔乙己的故事，就不能不顾及小伙计如何说孔乙己。在其全篇话语里，说了什么，不说什么，是否带有感情倾向，等等。

从人物关系看。在小说全部人物里，孔乙己当然是中心人物，即主人公。别的人物中，小伙计仅次于孔乙己，是作品的二号人物，其余的，均为次要人物，乃至不说话的"群众演员"。小说的主要用意，孔乙己的形象，正是通过这些人物与孔乙己的纠葛、交集,以及他们之间的矛盾、联系等等才得以呈现。他们与孔乙己的关系,轻重各有不同,而以小伙计与孔乙己的勾连,最为重要。不研究小伙计,不考察他们的关系,就无法认准孔乙己。

鲁迅曾告诫,论说文学作品,要“顾及全篇”。原话是:“世间有所谓‘就事论事’的办法,现在就诗论诗,或者也可以说是无碍的罢。不过我总以为倘要论文,最好是顾及全篇,并且顾及作者的全人,以及他所处的社会状态,这才较为确凿。要不然,是很容易近乎说梦的。”[8]注意,“顾及全篇”,是摆在第一位。据此,研究《孔乙己》,仅就孔乙己论孔乙己,而不“顾及”小伙计,以及其他人物,就有可能重蹈“说梦”覆辙。

二、黑暗王国中的一线光明

“描写一般社会对于苦人的凉薄”,可以说是鲁迅诸篇小说的共同主题,但如何描写,则异彩纷呈。在《孔乙己》中,主要体现为酒客、掌柜、一般人等,施加凉薄于孔乙己。小伙计不同于这些人,他没有以凉薄对待孔乙己。

(一)小伙计与酒客不一样

两者年龄有别,是少年与成人的区别。身份更不同,在咸亨酒店,酒客是“上帝”,是被伺候的对象。酒客们又分两个等次,长衫主顾、短衣帮,但都属于“上帝”,都要伺候好。

伺候他们的是伙计。伙计也有三个级别，有伺候长衫主顾的,也有伺候短衣帮的,小伙计不在这两级,他属于最低一级,只能担当“专管温酒的一种无聊职务”。可见,小伙计与酒客,尤其与长衫主顾之间,级差何其大。酒客们的言谈话语,他们在酒店的活动与作为,小伙计没有资格参与。

酒客对孔乙己的凉薄,表现是戏弄与嘲笑,且是聚众而为。按照小说描写,先是“孔乙己一到店,所有喝酒的人便都看着他笑”。这里说,笑看孔乙己的,是“所有喝酒的人”,小伙计自然不在内。接着是两场挑逗与凌辱,一场由孔乙己的新伤疤引起,“有的叫道,‘孔乙己，你脸上又添上新伤疤了！’”孔乙己不予理睬,酒客们就一起出动:“他们又故意的高声嚷道,‘你一定又偷了人家的东西了！’”还有人当场证明:“我前天亲眼见你偷了何家的书,吊着打。”如此这般,令孔乙己有口难辩,狼狈不堪,酒客们则大获全胜,欣喜若狂。一场是无话找茬,故意挑事,“孔乙己,你当真认识字么?”从而挖苦他:“你怎的连半个秀才也捞不到呢？” 这是揭旧伤疤,更使孔乙己痛苦沮丧,酒客们再次获得精神满足。这两场挑逗与凌辱,小伙计都没有参与,或者说参与不了,他只是默默观察,看在眼里,留在记忆里。

(二)小伙计与掌柜不一样

他们之间,可说是主奴关系,即雇主与店员(学徒)关系。掌柜只看重钱,小伙计等级又最次,且“样子太傻”,所以他对小伙计,只有“一副凶脸孔”,毫无温情、和善可言。二者的界线异常分明,待人接物的态度全然不同。

掌柜与孔乙己,本是店主对老顾客,但孔乙己是低贱的顾客,成不了“上帝”,反而是施加凉薄的对象。掌柜的凉薄,表现在:一、引人发笑,即掌柜常常像酒客一样,拿一些无聊话题做引子,贬损孔乙己,致其难堪,逗得众人哄笑,活跃气氛。二、讨账,掌柜面对被打断腿的孔乙己,不但毫不关心与同情,反而催他还账,“你还欠十九个钱呢!”嗣后,一直念念不忘,孔乙己还欠着十九个钱。三、取笑,掌柜在向孔乙己讨账之后,接着就取笑他:“孔乙己,你又偷了东西了!”“要是不偷,怎么会打断腿?”而且不顾孔乙己恳求,依然与聚集来的几个闲人,一起笑话他。最终,孔乙己在他们的说笑声中,“坐着用这手慢慢走去了”,自此绝迹于酒店,消失于鲁镇。以上种种,掌柜以凉薄对待孔乙己的全过程,小伙计都在场,他是目击者、见证人,但他的观感、态度截然相反,他没有说一句话、发一声笑。

(三)小伙计之笑

在《孔乙己》全文,频繁出现“笑”字,笑贯穿始终。所有人物,主要情节,都与笑有关。但什么人笑,为什么笑,笑什么,小说的文辞语句,是有区别的。小伙计之笑,与酒客、掌柜的笑,相异十分明显。

小伙计的“笑”,全篇出现三次。第一次在第三段:“掌柜是一副凶脸孔,主顾也没有好声气,教人活泼不得;只有孔乙己到店,才可以笑几声,所以至今还记得。”此可称“笑几声”。第二次在第七段:“在这些时候,我可以附和着笑,掌柜是决不责备的。”这是“附和着笑”。第三次也在第七段:“我暗想我和掌柜的等级还很远呢,而且我们掌柜也从不将茴香豆上账;又好笑,又不耐烦,懒懒的答他道,‘谁要你教,不是草头底下一个来回的回字么？'"这叫“好笑”。

比较小伙计这三次“笑”，含义不同。第一次的“笑几声”，从句子的前一分句看（描述酒店冰冷气氛，“教人活泼不得”），这是一种轻松活泼的笑，表示出一点开心、快活的情绪，并不针对什么人。此笑，也是对第二次的“附和着笑”预作提示。第二次的“附和着笑”，有时间界定：“在这些时候”。什么时候？小说上段末尾说的是，“这回可是全是之乎者也之类，一些不懂了。在这时候，众人也都哄笑起来：店内外充满了快活的空气。”即，众人哄笑起来，店内外充满快活空气，是这些时候。“附和”，意为追随别人（辞书释义）。可见，是在众人哄笑，店内外的人都很快活的时候，小伙计受到感染，或有了机会，也跟着大家，放松放松心情，趁机笑一笑，因为此时“掌柜是决不责备的”（这是对前文“笑几声”的呼应，做具体交代）。也就是说，此笑不是因为自己真有开心事，或因孔乙己确实可笑。他的笑，没有别的意思。第三次的“好笑”，是小伙计认为，自己与掌柜的等级隔得远，茴香豆也从不上账，因而，孔乙己教写“茴”字，是太过热心，不知实情，可见他书生气十足，所以觉得好笑。

小伙计的三次笑，对孔乙己均无恶意；与酒客的戏弄与嘲笑，掌柜的引人发笑及取笑，毫无共同之点。但既往许多论著，未予分辨，以致混淆了不同主体、不同场合、不同性质的笑，笼而统之，视为全篇只有一种笑，或者张冠李戴，把此笑看作彼笑。上引三篇代表性论文，文中有几处举例，提到了小伙计之笑，亦存在类似不足。以下各说一处。

《新论》提到小伙计“附和着笑”，称：“掌柜会不断提出一些问题逗弄孔乙己，'引人发笑'，而且小伙计在这些时候也可以附和着笑，'掌柜是决不责备的'，他们在对孔乙己的逗笑上似乎也能暂时取得一致。"[9]——这是把小伙计"附和着笑"的时间界定("在这些时候")，做了位移。请看原文："在这些时候，我可以附和着笑，掌柜是决不责备的。而且掌柜见了孔乙己，也每每这样问他，引人发笑。"这是两句话。前句的"在这些时候"，是承接小说上一段，指众人哄笑，人们都很快活的时候，小伙计才可以跟着大家一起笑，"掌柜是决不责备的"。"在这些时候"，不是指后句说的，即不是指掌柜引人发笑的时候。而且，小伙计与掌柜之间，不存在所谓"暂时取得一致"，共同"逗笑"孔乙己这回事。

再看《研究》与《细读》。前者有云："孔乙己还没有出场"，小伙计就"随便讥笑"[10]。这是把小伙计第一次的"笑几声"(放松心情)解读为讥笑，而且是"随便"讥笑。后者说到，孔乙己"放下身段，与孩子对话。不料小伙计并不买账，茴(回)字有几种写法与我何干"。其结果为，"炫耀知识得到的回报是嘲笑的笑声"[11]。这是把小伙计的感到"好笑"，解读成"嘲笑"，而且还发出"笑声"。两者如此解读，均非小说原意。拙文已对原文有关语句分别做了辨析。

回到小说的"主要用意"。在咸亨酒店，施加凉薄于孔乙己的，是酒客、掌柜等人，小伙计不在内，或者说，在酒店这个小社会里，在这个凉薄世界，小伙计是异类。他对孔乙己，是另一种态度与感情，他在故事叙述中隐含暖意。何以如此言之？这又是为什么？

三、“没有吃过人的孩子”

关于小伙计之于孔乙己，一些论著好像形成一种“共识”,即小伙计鄙视(看不起)孔乙己。如《新论》说:“连微贱的小伙计都可以随意取笑，这就更加衬托出孔乙己地位之低下了。”[12]《研究》云:“最被人看不起的小伙计,用势利的眼光来看待孔乙己”,“他(孔乙己)是最被人看不起的小伙计所看不起的”[13]。小说原意是这样的吗?不妨先关注一下小伙计本人,看他实际是个什么样的人物。

(一)叙述者的背影

小伙计在叙述孔乙己的故事中,同时也“暴露”了自己,可以据此勾画出他的轮廓。小伙计的“基本情况”是:姓名,未详(人称“小伙计”)。出生地,鲁镇(或鲁镇附近)。年龄12岁—30多岁。文化程度,私塾数年。职业,初为学徒,嗣后未详。家庭情况,经济条件尚可,但不是有钱有势的人家。性格特点,正直、木讷……

几点说明:1. 关于年龄。小说开头交代了两个时间节点,故事发生时间(“这是二十多年前的事”),叙述故事时间(“所以至今还记得”),其间相隔20多年。小伙计的年龄,从12岁到30多岁,此时间跨度,不可忽视。2.关于文化程度。小伙计知道“茴香豆的茴字”“是草头底下一个来回的回字”,懂得“君子固穷”“多乎哉？不多也。”可见他读过《论语》,即上过几年私塾,有一定的文化知识。3.关于家庭情况。孩子读得起私塾;“荐头的情面大,辞退不得”,表明这家人有一定的社会关系,认识镇上有头有脸的人物。看来,不属于普通贫下中农家庭,可能是富裕中农以上,富农或小地主——如果划分阶级成分的话。倘为大户人家,通常不会送孩子做学徒。4.关于性格特点。掌柜嫌他“样子太傻”,“侍候不了长衫主顾”,不会在酒里羼水,等等,就是说,小伙计少言寡语,不机灵,不会迎合酒客。但口拙者,往往心里有数,有自己的是非观念。

年龄、教养、个性……这些因素塑造了小伙计,影响乃至决定了他对孔乙己的态度;与孔乙己的关系,正是小伙计性格的主要体现。

(二)从关注到牵挂

在咸亨酒店中,唯一关注孔乙己的,是小伙计。从少年到中年,小伙计随着年龄、阅历增长,对人对事的认知,也有所变化。而对孔乙己的关注,始终如一,只是关注的内容与方式,有所不同而已。

小说对这“有所不同”的描写,研读中不可忽略。

1.孔乙己平日在酒店。小伙计初进酒店就观察到,在咸亨酒店,自己虽然地位低下,生活无聊,环境冰冷,而孔乙己远远超过自己,处境更孤独,更险恶,时时受其他酒客戏耍。对此,他留下深刻印象。另一方面,每当孔乙己到店,在众人哄笑,店内外充满快活空气的时候,自己可以附和着笑几声,放松心情。因为孔乙己,自己才偶尔得到一点快活。在单调枯燥的生活中,这仅有的一点快活,成为小伙计长远的记忆。

在这期间,两人有过一次互动,就是孔乙己热心教小伙计写字,而小伙计态度冷淡,以轻慢应之。有的论者从这次的冷淡与轻慢,提出"看不起"论,即小伙计看不起孔乙己。但应注意:这事仅"有一回"发生过,并非一直如此;这次互动,主要体现孔乙己的热心,小伙计的冷淡是反衬;成年小伙计,对自己早年的冷淡与轻慢,有所反思,已改变了看法,如认识到,孔乙己当时的态度,是"很恳切的"(诚恳而殷切)。要而言之,研究小伙计如何看待孔乙己,应着眼于小伙计的整体形象,尤其成年时期的小伙计。

2.孔乙己最后到酒店时。面对被打断腿的孔乙己,掌柜急着讨账,而小伙计关注的是,孔乙己"脸上黑而且瘦,已经不成样子;穿一件破夹袄,盘着两腿,下面垫一个蒲包,用草绳在肩上挂住"。在掌柜取笑孔乙己,几个闲人"和掌柜都笑了"时,小伙计没有附和着笑,实则是笑不起来。他关注的是,孔乙己"从破衣袋里摸出四文大钱,放在我手里",关注孔乙己,"满手是泥,原来他便用这手走来的",以及,孔乙己"又在旁人的说笑声中,坐着用这手慢慢走去了。"这些无言的关注,深藏着的是同情,以及不解:为什么会这样?

3.孔乙己走去以后。小伙计目送孔乙己,"用这手慢慢走去",嗣后的关注即转化为牵挂:孔乙己还会来吗?他是否像那个喝酒人说的,"许是死了"?结果是,"自此以后,又长久没有看见孔乙己。"过了年关、端午、中秋,"再到年关也没有看见他。"小伙计的牵挂,延续到20多年后,"我到现在终于没有见——大约孔乙己的确死了。"于是,牵挂转化为忆旧,以及向人讲述孔乙己的悲惨故事。

(三)了解与评价

小伙计之于孔乙己,不仅是唯一的关注者,而且是唯一的了解者,称得上是其“知音”。

“孔乙己是这样的使人快活,可是没有他,别人也便这么过。”此所谓“别人”,不包括小伙计。他是个有心人。在酒店外,他留心“听人家背地里谈论”,从而了解到孔乙己的家世,得知“孔乙己原来也读过书,但终于没有进学,又不会营生;于是愈过愈穷,弄到将要讨饭了”。庆幸孔乙己,“写得一笔好字,便替人家钞钞书,换一碗饭吃”,等等。孔乙己的这些事,都是“别人”不关心,也不感兴趣的。只有小伙计关心,感兴趣。

对于孔乙己的性格缺陷(“好喝懒做”),他说是“坏脾气”,而且只有这“一样”(没有更多),并为此感到“可惜”。对于偷窃行为,小伙计有自己的说法。孔乙己顺便偷走人家的书籍文具,他不说是偷窃,而说是,“连人和书籍纸张笔砚,一齐失踪”。就是说到偷窃,他也解释为,“孔乙己没有法,便免不了偶然做些偷窃的事。”所谓“没有法”“免不了”“偶然”云云,这些说法,都带点“轻描淡写”,乃至“辩护”“开脱”的色彩。

对于孔乙己的为人, 小伙计更看重的是他的好处。他说,在咸亨酒店,孔乙己的“品行却比别人都好”。这就把长衫主顾、短衣帮以及掌柜等等,全比下去了。在小伙计看来,孔乙己是店里第一好人! 这是有事实根据的:孔乙己“从不拖欠,虽然间或没有现钱,暂时记在粉板上,但不出一月,定然还清,从粉板上拭去了孔乙己的名字。”

以上种种话语,是成年小伙计在回忆往事时述说的。在叙述孔乙己凉薄境遇、悲戚命运的同时,做此补充描述,孔乙己及其故事,才是完整的。小伙计与孔乙己的关系,才是完整的。这也是小说作者创作此篇所精心构撰的。

(四)小伙计的意义

《孔乙己》的写作,既然意在描写社会的凉薄,为什么设置一个并不凉薄的小伙计?

这要联系鲁迅上一篇小说,即,写于几个月前(1918年春)的《狂人日记》。在上一篇中,主人公“狂人”十分纠结:一伙小孩子、二十左右的年轻人,为什么与赵贵翁、老头子、大哥等等,结成一伙,“都是吃人的人”?经过一番“研究”,“狂人”知道了:“这是他们娘老子教的!”他终于发问:“没有吃过人的孩子,或者还有?”

“狂人”之问,在《狂人日记》全篇,没有回答。但在下一篇小说《孔乙己》中,有了答案。没有吃过人的孩子,确是有的。比如,在咸亨酒店,这个凉薄世界里,小伙计没有以凉薄加于苦人孔乙己(尽管曾对孔乙己冷淡、轻慢过)。他就是一个“没有吃过人的孩子”。

鲁迅说:“完全解放了我们的孩子!”⑭指出:“真的要‘救救孩子’。这‘于我们民族前途的关系是极大的’!”⑮

鲁迅寄希望于孩子,寄希望于民族前途。凉薄的咸亨酒店里,有一个并不凉薄的孩子,这是鲁迅希望的体现吧。

关于小伙计,试说至此。文末要引的是,德国伟大诗人歌德的名言:“说不尽的莎士比亚”⑯。鲁迅及其经典作品,也是说不尽的。在《孔乙己》研究进入第二个百年时，愿拙文这块不成型的土坯，能引出新一代学者的精品与美玉。

注释：

①袁良骏：《当代鲁迅研究史》，陕西人民出版社，1992年版，第457、458页。

②范伯群、曾华鹏：《鲁迅小说新论》，人民文学出版社，1986年版，第45页。

③张梦阳：《中国鲁迅学通史》（上册），广东教育出版社，2001年版，第562页。

④林志浩：《鲁迅研究》（上、下册），中国人民大学出版社，1988年版。

⑤袁良骏：《当代鲁迅研究史》，陕西人民出版社，1992年版，第411页。

⑥⑪张中良：《〈孔乙己〉细读》，《鲁迅研究月刊》2016年第9期。

⑦孙伏园、孙福熙：《孙氏兄弟谈鲁迅》，新星出版社，2006年版，第173页。

⑧《且介亭杂文二集·"题未定"草（六至九）》，《鲁迅全集》第6卷，人民文学出版社1981年版，第430页。

⑨范伯群、曾华鹏：《鲁迅小说新论》，人民文学出版社，1986年版，第40页。

⑩⑬林志浩：《鲁迅研究》（下册），中国人民大学出版社，1988年版，第121页。

⑫范伯群、曾华鹏:《鲁迅小说新论》,中国人民大学出版社,1988年版,第44页。

⑭《热风·随感录四十》,《鲁迅全集》第1卷,人民文学出版社,1981年版,第323页。

⑮《且介亭杂文末编·"立此存照"(七)》,《鲁迅全集》第6卷,人民文学出版社,1981年版,第635页。

⑯按,"说不尽的莎士比亚",一译"永恒无限的莎士比亚",系歌德一篇评论莎士比亚的论文的题目。参看《外国文学名家论名家》(华东师范大学出版社,1985年版)第1页。〔德〕歌德著,缪华伦译:《永恒无限的莎士比亚》。

(《上海鲁迅研究》总第78辑,2018年7月)

“被侮辱和被损害的”读书人
——重新认识孔乙己

《孔乙己》的主人公孔乙己，是一个苦人，此说，出自作者本人。依据是孙伏园的转述：“《孔乙己》作者的主要用意，是在描写一般社会对于苦人的凉薄。”①鲁迅在多篇小说中，写了不同类型的苦人，如：阿Q，游荡在未庄的农民；祥林嫂，逃到鲁镇的村妇，等等。孔乙己也是，他属于什么类型？按小说的定位，系读书人。阿Q、祥林嫂等农家男女，乃至读书人孔乙己，这些苦人，都遭受了一般社会施加的凉薄，但情况各有不同。在拙文，谨试说饱受凉薄的读书人孔乙己。比之于时贤的高论，鄙见多有不同处，不敢藏拙，姑妄一说。

永远的读书人

孔乙己以读书人自居，与人争辩时，他讲到“读书人的事，能算偷么”，说的就是自己。看他的言行，确属读书人，一直是读书人。

孔乙己的“着装”，一袭长衫。这是读书人的标准服。在咸亨酒店，他“站着喝酒而穿长衫”，而且是“唯一的”。不过，他“穿的虽然是长衫，可是又脏又破，似乎十多年没有补，也没有洗。”脏而且破，却不肯脱下。可能的原因：一穷，没有可换的；二懒，他有“好喝懒做”的“坏脾气”；三孤，单身一人，没有妻子，更没有女仆，无人给他洗衣补衫（也许有过妻子，养不起，走了）；四从众，读书人都这么穿；五、最重要的，他看重读书人的身份，不愿失去，因此保持这标志。

这件又脏又破的长衫，很受论者关注，几乎一致的论断是：孔乙己具有“唯有读书高”的思想与超越感。如，《鲁迅小说新论》（下称《新论》）称：“正是这种‘唯有读书高’的思想，使他无论如何不愿脱掉身上那件长衫。”[②]《鲁迅研究》（下称《研究》）说：孔乙己“要借此（长衫）来显示自己高人一等，来摆读书人的臭架子”[③]。这两本鲁学重要论著，出版于 20 世纪 80 年代。新近发表的《〈孔乙己〉细读》（下称《细读》），解读为：“站着喝酒而穿长衫”，是“显示自己的与众不同”，“给他以几分骄傲的资本，让他有一点鹤立鸡群的超越感”[④]。这些高见，刊布的时间虽不同，说法却相似。这值得思考与讨论。读小说全文，看整体形象，孔乙己未必是如此心态。重视自己的身份，就一定看不起别人？两者无必然联系。鄙见已写在上面，下文还要涉及。

孔乙己爱书，钟情于书，把书看作精神家园。在何家，他偷的是书（没偷值钱财物），可能因为喜爱，想读此书。替人家抄书，他顺便拿走的，仅为“书籍纸张笔砚”，这些对读书人才有用。雇人抄的书，多是难得、稀缺的书（常见的、普通的书，用不着花钱请人抄）。这样的书，孔乙己自然珍视。他甚至认为，书不是“东西”，也不能看作“东西”，书就是书！酒客说他“偷了人家的东西”，他争辩道：“窃书不能算偷……窃书！……读书人的事，能算偷么？”话中有两处省略，说全了，大意是：窃书不能算偷东西，我是窃书！（这里用叹号，表示重读，强调是书，不是“东西”。）窃书是为了读，这是读书人的事，怎能算偷东西（“东西”亦应重读）？

孔乙己读书认真（还“写得一笔好字”），获知多，深悉读书有用。他向小伙计说话，不问姓名、年龄、家住哪里、父母如何等等这些通常话题，而关心“你读过书么？”——毕竟是读书人，言必称读书，以此看人。他要教小伙计写字，认字。告诉小伙计，要读书，读书有用：“这些字（是‘这些’字，不是一两个字，即要多学）应该记着。将来做掌柜的时候，写账要用。”要教对方，“回字有四样写法”。一般人知道回字有三样写法，第四样见于《康熙字典》，可见他查过《康熙字典》，记得清。他虽是原来读过书（指专为进学读书），但读得深，会用。在与人争辩、说话时，经书的句子，他随口恰当地引用。如，“君子固穷”“多乎哉？不多也。”之类。

与读书人身份相关，有两个问题可以探究，即孔乙己的“没有进学”，以及“总是满口之乎者也”。关于前者，《新论》称，孔乙己“屡试不第”，“在科举道路上奔走了一生，几十年的寒窗，无数次的应试，葬送了他的青春”[5]。（鲁学别的重要论著，也有类似说法，如《鲁迅大辞典》“孔乙己”条称，“孔乙己科举屡试不中”[6]。）关于后者，《研究》说，孔乙己“随口引用古书成文”，是“不看对象，卖弄学问”[7]；《细读》云，孔乙己“以文言显示自己的与众不同”，“文言是孔乙己维系自尊的最后一根稻草”[8]。可质疑的是，关于“进学”，据小伙计叙述，孔乙己是“原来也读过书，但终于没有进学”。何谓原来？其含义是：开始的时候，从前（辞书解释）。小伙计是说，孔乙己的读书应试，没有进学，是他早年的事，不是一生，或大半生。所谓屡试不第（不中），奔走了一生，云云，在全篇小说中，无法找到依据。关于之乎者也，作为熟知经书的读书人，在适当的场合，引几句古书，是很正常的事。指为卖弄，维系自尊等，是否为过度解读？

凉薄与反凉薄

“描写一般社会对于苦人的凉薄”，既是《孔乙己》的主要用意，孔乙己遭受的凉薄，必是小说着力之处。阿Q、祥林嫂不同，凉薄之于两人物，不是小说重点所在，凉薄的形式亦相异。在《孔乙己》，凉薄表现为：侮辱和损害。所写孔乙己，是一个“被侮辱和被损害的”读书人。“被侮辱和被损害的”，此语来自于李霁野所译，俄国作家陀思妥耶夫斯基的小说，译名为《被侮辱的与被损害的》（1934 年 11 月 29 日《鲁迅日记》：“得霁野信并陀氏《被侮辱的与被损害的》一部二本”[9]），获鲁迅肯定并使用。

孔乙己所受侮辱，在酒店表现为戏耍、嘲笑、挑逗、取笑，等等，属于语言暴力，精神恐怖。侮辱实施者，主要是咸亨酒店的酒客，即喝酒的人，包括长衫主顾、短衣帮两类人，还有酒店掌柜，以及一些站在店内外，看笑话取乐的人。他们人数不少，来来去去，不固定，代表了“一般社会”。小说用两个场面（即第 4 段、第 6 段），写酒客对孔乙己的戏耍与嘲笑。又用两个场面（第 10 段、第 11 段），写掌柜对孔乙己的冷酷、追债及取笑，另有一处提到挑逗（第 7 段，掌柜每每“引人发笑”）。这些，构成小说的主要内容。

孔乙己所受损害，就是躯体的伤害，残害，危及人身安全，是致命的暴力恐怖。小说写到的有，何家的“吊着打”，丁举人的“打了大半夜，再打折了腿”，等等。表现于孔乙己，是“皱纹间时常夹些伤痕”，“脸上又添上新伤疤”，“盘着两腿，下面垫一个蒲包，用草绳在肩上挂住”，“满手是泥，原来他便用这手走来的”，直至从此消失，不知所终。相比于精神伤害，躯体的残害不是小说直接表现的重点，所以做暗场处理，何家的“吊着打”，丁举人的“打了大半夜”等，都是酒客说出的。

对于所受凉薄，孔乙己与阿 Q、祥林嫂等，有不同的反应，不同的态度。阿 Q 主要是“精神胜利”，“怒目而视”等，祥林嫂多为默默忍受，甚至逆来顺受。孔乙己是忍无可忍，即刻抗争，乃至反击。他怎样抗争？试看戏耍、嘲笑第一场面——

孔乙己一到店，所有喝酒的人便都看着他笑，有的叫道，“孔乙己，你脸上又添上新伤疤了！”他不回答，对柜里说，“温两碗酒，要一碟茴香豆。”便排出九文大钱。他们又故意的高声嚷道，“你一定又偷了人家的东西了！”孔乙己睁大眼睛说，“你怎么这样凭空污人清白……”“什么清白？我前天亲眼见你偷了何家的书，吊着打。”孔乙己便涨红了脸，额上的青筋条条绽出，争辩道，“窃书不能算偷……窃书！……读书人的事，能算偷么？”接连便是难懂的话，什么“君子固穷”，什么“者乎”之类，引得众人都哄笑起来：店内外充满了快活的空气。

不难看出，面临酒客的戏耍与欺凌，孔乙己的应对是：一、不惧怕，不躲避。尽管“所有喝酒的人便都看着他笑”，他照样“到店”买酒喝酒。二、不理睬，藐视之。有人带头挑衅：“你脸上又添上新伤疤了”。他不搭理，不接腔，扫也不扫挑衅者一眼，只“对柜里”说话，不无得意地“排出九文大钱”，要酒，要茴香豆。三、当众酒客一齐出动，说他“偷了人家的东西”时，孔乙己立即反击对方，“凭空污人清白”。四、某酒客以“前天亲眼见”，来证明偷书一事，孔乙己回之以强烈争辩，“窃书不能算偷……”，又引“君子固穷”古训，自明心志，用“者乎”之类“难懂的话”，使对方无话可说，接不上茬，只能以哄笑，欲致孔乙己难堪。这一场争斗，一来一往，四五个回合，孔乙己毫不退让。

面对掌柜的冷酷与取笑，在应答中，孔乙己以“不要取笑！”直斥掌柜。此时的孔乙己，虽然已经濒临生命终点，有气无力，说话声音“极低”，却义正词严，是对施暴、施凉薄者的最后抗议。至于以“跌断，跌，跌”，回答“要是不偷，怎么会打断腿？”这是随机应变的掩饰。（人们在生活中，遇到不便直接回答的问题，常常加以掩饰，转移话题，属人之常情。）这句“跌断”的话，是孔乙己留在人世的遗言，嗣后就“慢慢走去”，以至不知所终。其实，这“慢慢走去”，不知所终，也是一种特别方式的抗争。他远远地“走去”，结束生命于谁也不知道的地方，不给酒客、掌柜及鲁镇人留下最后的笑料，最后的谈资。（孔乙己与阿Q、祥林嫂，这三个苦人中，阿Q被冤屈处决，孔乙己、祥林嫂两人死无葬身之地；他们的苦，不是一般的苦，最甚，最惨。）

孔乙己反抗凉薄的力量，毕竟是有限的。对于何家、丁举人之流的暴力残害，他无力抗拒，只能承受，以致留下伤痕与残疾，终于丢了性命。最为不幸的，是落在丁举人手里，此种人有钱有势，享有任意处置苦人的权力：私设刑堂，“先写服辩，后来是打，打了大半夜，再打折了腿。”在权力者的淫威下，“人为刀俎，我为鱼肉”，孔乙己所能做的，仅是任其宰割，无法反抗。

孔乙己的典型性

《孔乙己》在描写凉薄与反凉薄中，塑造了孔乙己的典型形象：“被侮辱和被损害的”读书人。孔乙己的典型性，表现于——

第一，对社会凉薄的抗拒，即对来自周围人群的精神打压与凌辱，拒不屈从，绝不接受。阿Q与祥林嫂对待所受凉薄也有所抗拒。如，阿Q在被打后，就用自我安慰法，在“心里想，‘我总算被儿子打了，现在的世界真不像样……’”祥林嫂在忍受不了时，选择出逃，以及“一头撞在香案角上”，等等。孔乙己不同，他有自己的抗争方式与特点：一是，直接地、正面地抗拒，当场回击。如：酒客们“故意的高声嚷”，他则“睁大眼睛说”；有人挑衅，问他“当真认识字么”，他就直视对方，在气势上压倒挑衅者：“看着问他的人，显出不屑置辩的神气”。二是，具有长期性、持久性。孔乙己额头有“皱纹”，胡子已“花白”，表明他年约五十；又脏又破的长衫，“似乎十多年没有补”，是说他如此生活，遭遇凉薄，已经十多年。而与此同时，他一直苦撑着，抗争着，到生命尽头，还抗议掌柜取笑自己。三是，取读书人抗拒法。一般社会给予他的，既然是语言暴力，他就针锋相对，以语言为武器，进行说理斗争，保护自己，回应对方。他用的语言，读书人色彩明显，除日常大白话外，还有成语“污人清白”，乃至“君子固穷”“‘者乎’之类”之乎者也，等等。

关于孔乙己对生活、对一般社会的态度，以及他对自己处境的认知，论者多持否定性观点。如，《新论》说，“从孔乙己凄伤的眼色中，人们始终未能寻找到反叛的愤怒的火花，这个被封建社会毁灭整个一生的读书人，并没有勇气呼唤出抗议的声音。”[10]《研究》称，孔乙己对“造成他目前的悲剧，一点不认识，一点不觉悟，这正是他的可悲之处。”“他只有恳求，没有愤怒，自然更谈不上反抗”[11]。此所谓孔乙己“没有勇气呼唤出抗议的声音”，“谈不上反抗”，这不是事实。如上所述,他的一声"不要取笑！"就是"抗议的声音",他面对凉薄,一直在反抗。也许,由于抗议的力度与方式,达不到论者的标准和要求,所以才不予肯定。至于孔乙己对自身悲剧不认识,不觉悟,云云,此论可能是按现代人的认知高度来衡量前现代时期的读书人,而忽视了时代差异。

第二,守护读书人本色和品行。作为读书人,孔乙已具有读书人的禀赋,在衣食异常拮据、饱受社会凉薄的双重打击下,保持了读书人本色,实践"君子固穷"精神。特别是,他孤苦伶仃,孑然一身,既无妻室儿女,亲友又远离,连一个可以"谈天"的人也没有。可他竟然挣扎着,也是坚持着,度过几十年岁月,直到被打断腿,无法继续活下去。这期间,他没有悲观厌世,选择轻生弃世;也没有失去尊严,沿街乞讨(尽管"弄到将要讨饭了"),希求怜悯;更没有沦为盗贼,打家劫舍,图财害命。他始终坚守读书人身份,维护本色。

读书人的本色是什么?就是知书识礼。这"礼",在他出现的咸亨酒店,表现是:

> 他在我们店里,品行却比别人都好,就是从不拖欠;虽然间或没有现钱,暂时记在粉板上,但不出一月,定然还清,从粉板上拭去了孔乙己的名字。

小伙计此言不虚,孔乙已"品行却比别人都好",确是如此。在酒店,"别人"指掌柜、喝酒的人等等。孔乙已与掌柜比较,掌柜唯利是图,锱铢必较,又薄情寡义,取笑苦人。与喝酒的人(长衫主顾,还有做工的人,即短衣帮)比较,这些酒客中，长衫主顾有钱有闲，不愁生计，却对苦人毫无恻隐之心，反而以戏弄对方为乐；那些做工的人（种田的农户），也是苦人，却缺乏对同为苦人者的同情心。相比之下，孔乙己的品行，远在掌柜、酒客等人之上。即以喝酒为例，孔乙己到店买酒喝的情况，小说写了两次。前一次，“排出九文大钱”，“温两碗酒，要一碟茴香豆”。这次，不是最困窘的时候，他花了九文钱。后一次，已是“盘着两腿”，“用这手”来到酒店，他“从破衣袋里摸出四文大钱”（积存多时的，仅有的四文钱），要酒店“温一碗酒”。两次喝酒，个人境遇大为不同，但都是付的现钱。对于所欠“十九个钱”（两次喝酒欠下的），他表示“下回还清罢”。终因濒临生命结束，没能最后还清，这应是他最为愧疚，唯一亏欠酒店的。但从整体而言，孔乙己的品行“比别人都好”，是确定无疑的。

在全篇小说中，关于孔乙己品行的比较，只是一个情节，实际是一句话。但这是小说塑造典型的重要一笔，不可忽视。否则，必定影响对孔乙己的认识与评价。遗憾的是，《新论》和《研究》两论著及《细读》，均未关注此情节，选择了忽略。

第三，关爱幼小者。小说中不可忽视的重要情节，还有孔乙己与孩子的交集，包括两件事，即两个段落：孔乙己教小伙计认字、写字（第 7 段），给邻舍孩子茴香豆吃（第 8 段）。有关两件事的文字，要细致品读，否则，可能出现误解。

孔乙己教小伙计认字、写字，系孔乙己“只好向孩子说话”的主要内容。过程是，孔乙己连续主动提问，或者发话，以及小伙计被动应对。一问小伙计“读过书么”，小伙计点点头。再问“茴香豆的茴字，怎样写”，而小伙计不再理睬。三是，孔乙己"等了许久，很恳切的"，要教小伙计写法，告诉他（也是鼓励他），要学会并记住，将来有用。小伙计是不耐烦地回答，"草头底下一个来回的回字。"四是，孔乙己听到回答，"显出极高兴的样子"，点头加以肯定："对呀对呀！"五是，随即问，"回字有四样写法，你知道么？"小伙计则"愈不耐烦了，努着嘴走远"。六是，孔乙己"想在柜上写字"，可是小伙计"毫不热心"，孔乙己"便又叹一口气，显出极惋惜的样子"。

小说所写这一过程，以小伙计的"不耐烦""愈不耐烦"等的冷淡回应，凸显孔乙己的诚恳与殷切（"很恳切的"）；以孔乙己的"等了许久""极高兴""极惋惜"等动作及神态变化，表现他的热情、耐心与循循善诱。小伙计平日在酒店，看到的是凶脸孔的掌柜，没有好声气的酒客，只有孔乙己愿与他谈话，而且关心他是否读过书。这体现出：读书人对幼小者的关心爱护。对二人的交集，有的论者做出相反的评价。如《新论》称，孔乙己是"炫耀和卖弄"[12]；《细读》说，孔乙己"炫耀知识得到的回报是嘲笑的笑声"[13]。这是不是一种先入为主的误读？

孔乙己给邻舍孩子茴香豆吃（如是者，"有几回"），体现他对更年幼孩子（儿童）的关爱。孔乙己到酒店，平常是买两碗酒，只买一碟茴香豆。小孩子围住他，他本可以驱赶，或者不理睬，但他以自己不多的茴香豆，分给他们吃。小孩子吃完还想要，孔乙己就"弯腰下去"，向他们解释："不多了，我已经不多了。"意思是，不能再给了，我还要用来下酒，是商量语气。这弯下腰（平视）对小孩子说话，是一种平等、亲切的姿态。随后，他"直起身又看一看豆，自己摇头说，'不多不多！多乎哉？不多也。'”于是小孩子们在笑声里走散了。

这里要区分，弯下腰说的“不多了，我已经不多了”，是对小孩子说的；直起身，(对)自己摇头说的“不多不多！多乎哉？不多也。”是自言自语，自我欣赏。《新论》称，孔乙己“用‘多乎哉？不多也。’的陈腐语言作答，闹了笑话。”[14]《研究》云，孔乙己说的“不多不多！多乎哉？不多也。”是“不看对象，卖弄学问”[15]。两者均把孔乙己对自己说的话，当作对小孩子说的。《细读》解读为，孔乙己“以茴香豆讨好(邻舍孩子)收获的还是讪笑的笑声”[16]，这距离小说原意，似乎更远了。

小说用两个段落，写孔乙己与孩子的交集，自然不是多余笔墨。关爱幼小者——潦倒而备受凉薄的孔乙己，依然闪现出人性的光芒。

坏脾气·现代性

一、孔乙己的性格缺陷

孔乙己是普通的读书人，他的为人，不可能是完美的。其性格缺陷，小说有明确揭示。按照叙述人(成年小伙计)的说法，即小说构思，其缺陷有三：不会营生，坏脾气(好喝懒做)，偶然做些偷窃的事。前两个，对读书人而言，具有一定的普遍性；后一个，为孔乙己独有。

1.不会营生

就是没有谋食能力，不会经营自己的生活。这与为进学而读书有关，十年寒窗，心无二用，顾不上学别的。读书人大多如此。问题在于，“终于没有进学”以后，为什么不学一种谋生本领？比如，学当师爷，学开塾馆，等等。是学不会，还是不愿学？后一种可能性是存在的。也许，孔乙己太看重读书人身份，不愿学别的，不想改变身份；甘愿坐吃山空，“愈过愈穷”，做一个潦倒的读书人。

2.坏脾气

叙述人原话是：“可惜他又有一样坏脾气，便是好喝懒做。”实际含两点，好喝，懒做。先说好喝，此为读书人，文人，共同的，也是传统的爱好。关于骚人墨客与酒的佳话，名句，太多太多，不必引列。就孔乙己而言，他只是小酒人，爱喝，常喝，喝的却不多（平日多是两碗黄酒，一碟茴香豆）。这自然受制于囊中缺钱。孔乙己喝酒，具有特殊性：以酒为唯一朋友，唯一乐趣。他艰难地活了几十年，重要支撑力量，就是杯中物。如小说末尾所写，他是用手走到酒店，喝完最后一碗酒，才慢慢走去，从此消失的。

再说懒做，小说中写了两件事：脏长衫穿了十多年，竟然照穿不洗；替人家抄书，抄不几天，就抄不下去，失踪了。脏长衫不洗，可能因为不会洗，或不愿学着洗。抄书，本不累人，也是读书人常做的事。为什么不抄下去？可能因为，孔乙己过于孤傲，不愿为他人抄书，丢面子。

3.偶然做些偷窃的事

原话为：“孔乙己没有法，便免不了偶然做些偷窃的事。”偶然做些偷窃的事，是因为“没有法”，“免不了”。这算不上惯偷，职业小偷，更不是盗窃犯。或者说，属于小偷小摸，手脚不稳一类，是“生活小节问题”。对于孔乙己，却是最大的污点，有损于读书人形象，但还不至于影响整体人格。小说写到，因为偷何家的书，被吊着打；偷丁举人家东西，被打了大半夜，再打折了腿。这也表明，他的偷窃行为，不是十分严重，否则，早受私刑夺了命，活不了几十年。

孔乙己的性格与为人，既有读书人的本色一面，又有缺陷一面，这才是现实生活中，真实的读书人，可信的典型形象。

二、孔乙己的时代性

《孔乙己》问世于1919年。孔乙己是生活在清朝末年（清末民初）的读书人。在今天，在百年后的新时代，《孔乙己》与孔乙己，还有没有意义？

鲁迅指出：“我也很愿意如人们所说，我只写出了现在以前的或一时期，但我还恐怕我所看见的并非现代的前身，而是其后，或者竟是二三十年之后。”[17]确是如此，《孔乙己》对于一个世纪之后的现实，依然具有启示意义。

最后，回到“被侮辱和被损害的”这一话题。鲁迅称赞德国艺术家凯绥·珂勒惠支的版画，“以深广的慈母之爱，为一切被侮辱和损害者悲哀，抗议，愤怒，斗争”[18]。鲁迅写到的有，“被侮辱和被损害的”的母亲，“被侮辱的和被损害的”孩子，等等。他说，“世界上其实许多地方都还存在着‘被侮辱和被损害的’人，是和我们一气的朋友”，他呼吁艺术家，要“为这些人们悲哀，叫喊和战斗”[19]。

研究孔乙己时，重温鲁迅这些话语，对人物的认识会更精准。

注释:

①孙伏园:《鲁迅先生二三事·〈孔乙已〉》，据孙伏园、孙福熙《孙氏兄弟谈鲁迅》,新星出版社,2006年版,第173页。

②范伯群、曾华鹏:《鲁迅小说新论》,人民文学出版社,1986年版，第31页。书中专论《社会对于苦人的凉薄——论〈孔乙已〉》。

③林志浩:《鲁迅研究》(下册)，中国人民大学出版社,1988年版,第123页。书中专文《关于〈孔乙已〉的分析和研究》。

④张中良:《〈孔乙已〉细读》,《鲁迅研究月刊》2016年第9期。

⑤范伯群、曾华鹏:《鲁迅小说新论》,人民文学出版社,1986年版,第33页。

⑥《鲁迅大辞典》,人民文学出版社,2009年版,第230页。

⑦林志浩:《鲁迅研究》(下册)，中国人民大学出版社,1988年版,第125页。

⑧张中良:《〈孔乙已〉细读》,《鲁迅研究月刊》2016年第9期。

⑨《鲁迅全集》第15卷,人民文学出版社,1981年版,第183页。按:这部李霁野赠书,现藏鲁迅博物馆。(据打印本《鲁迅手迹和藏书目录(内部资料)2》第45页,北京鲁迅博物馆编,1959年7月。)

⑩范伯群、曾华鹏:《鲁迅小说新论》,人民文学出版社,1986年版,第36页。

⑪林志浩:《鲁迅研究》(下册)，中国人民大学出版社,1988年版,第124、127页。

⑫范伯群、曾华鹏:《鲁迅小说新论》,人民文学出版社,1986年版,第32页。

⑬张中良:《〈孔乙己〉细读》,《鲁迅研究月刊》2016年第9期。

⑭范伯群、曾华鹏:《鲁迅小说新论》,人民文学出版社,1986年版,第31页。

⑮林志浩:《鲁迅研究》(下册), 中国人民大学出版社,1988年版,第125页。

⑯张中良:《〈孔乙己〉细读》,《鲁迅研究月刊》2016年第9期。

⑰《华盖集续编·阿Q正传的成因》《鲁迅全集》第3卷,人民文学出版社,1981年版,第379页。

⑱《且介亭杂文末编·〈凯绥·珂勒惠支版画选集〉序目》,《鲁迅全集》第6卷,人民文学出版社,1981年版,第471页。

⑲《且介亭杂文末编·写于深夜里》,《鲁迅全集》第6卷,人民文学出版社,1981年版,第500页。

(《上海鲁迅研究》总第80辑,2018年12月)

凉薄世界火热心

——《孔乙己》:一篇展示人性的小说

鲁迅小说代表作之一的《孔乙己》,发表于 1919 年 4 月《新青年》杂志第 6 卷第 4 号。在一个世纪之后,重新阅读这篇小说经典,再参看诸多论者的研究、解读文章,总有一种隔膜的感觉。具体说,就是某些论著,其观点、论断,对于精确理解小说内容,比如,文中的人物、情节,乃至语词、句子、段落,等等,似乎没有多少实际意义或参考价值,也就是帮助不大,甚至走样。是不是研究路径、解读方法之类,值得思考,值得探究?

一　从制度说回归人性论

读者阅读《孔乙己》,或者教师讲授这篇课文①,首先要思考或讲清一个问题:这篇小说写的是什么,即它的内容如何,它表现了怎样的社会现实?说细一点,所写悲剧人物孔乙己的遭遇,说明了什么?泛览多年来一些学术论著、教学资料,发现有一个共同的结论:小说揭露了某种制度的罪恶。至于是什么制度,则说法不一,大致有:

1.科举制度

此说最为常见,也最为持久。相关论述,最早可能出现于20世纪50年代。[②]80年代出版的学术著作,以及教学指导书等,一直延续这一观点。如,1986年问世的《鲁迅小说新论》(下称《新论》)一书,将孔乙己的悲剧定性为:"孔乙己的悲剧是一个善良的读书人被自己所虔诚信奉的封建思想和衷心拥护的科举制度愚弄以至毁灭的悲剧。"[③]1988年使用的《中学语文教学指导书》(下称《指导书》)说:"孔乙己是备受科举制度摧残的下层知识分子","作者塑造孔乙己这个典型人物,揭露了科举制度的腐朽和对人们的毒害,具有深刻的反封建意义。"[④]相比于《新论》的定性,《指导书》没有"被自己所虔诚信奉的封建思想"这些话,更直截了当地归因于科举制度。进入21世纪第一个10年之后,科举制度造成孔乙己悲剧的观点,继续见于新近发表的学术论文,如鲁学重要刊物,2016年刊载的《〈孔乙己〉细读》(下称《细读》)一文,其论述结论是:"《孔乙己》《白光》……否定科举的指归却无二致","通过人物的尴尬生存与凄惨结局告诉读者:科举'吃人'。"[⑤]2018年发表的专论《〈孔乙己〉的叙述人称、叙事结构和内在情感》(下称《情感》。按,此篇是所见《孔乙己》最新专题研究成果),对孔乙己其人,表述为:"孔乙己这样一个被科举制度损害的人物,他的迂腐来自放不下文人'学士'身份的某种虚荣和清高,'万般皆下品,唯有读书高'!""(《孔乙己》)客观冷静地讲述了一个科举失败的穷困潦倒的悲剧故事。"[6]等等。

2.教育制度

上引几种论断,均把孔乙己的悲惨命运,归罪于科举制度的"愚弄以至毁灭",或摧残、毒害、"吃人"、损害,可是,从《孔乙己》全文看,除"没有进学""连半个秀才也捞不到""丁举人"等几处文字,能联系上科举制度之外,文中的掌柜、小伙计、短衣帮、长衫主顾……这些人物,以及酒店布局、喝酒、吃茴香豆,等等情节,都和所谓科举制度摧残孔乙己的结论,对不上号,或者说缺乏直接关联。也许有鉴于此,有的论者另辟蹊径,寻求别种原因,以解释孔乙己悲剧的形成。相近的就是:教育制度。如,鲁学专著《鲁迅研究》(下称《研究》)认为,《孔乙己》的批判重点,"是在于封建教育制度",解释说:"(孔乙己)不是科举制度的狂热追求者,而是封建教育的严重受害者。"理由是,"有关科举的描写,毕竟是太少了,在小说中不占重要地位,因此也很难成为人们概括主题思想的主要依据"。[7]其实,早在《研究》之前,也是50年代,已有论者提出类似观点。如,《谈〈孔乙己〉中的一句话》提出,"篇中表现出旧式教育不易发展人的才性"[8]。《新文学史纲》说:"《孔乙己》,写一个不能从事生产工作也未能靠读书而飞黄腾达的旧知识分子的末路的惨状。作者通过这个人物,对封建的形式主义教育,彻底地抨击。"[9]

3.社会制度或封建制度

批判封建教育之说,与揭露科举制度之说一样,论者固然可以自成机杼,对《孔乙己》的内容进行一番论证,但在具体解释小说的人物、情节,或者语词文字等方面,依旧遇到难以逾越的障碍。于是,另一种论断提了出来,说,残害孔乙己的罪责,不在科举制度或教育制度,而是社会制度或封建制度。亦即,用语概括一些,抽象一些。("社会制度"外延宽泛,"科举制度"或"教育制度"都属于"社会制度",是其组成部分。)比如,《〈孔乙己〉的美学力量》(下称《力量》)一文,对《孔乙己》的思想内容,定义为:"《孔乙己》的思想内容是非常丰富而且非常深刻的。它通过一个被旧时代所抛弃、所吞没的下层知识分子的典型形象孔乙己的悲惨命运,暴露惨无人道的中国封建专制社会践踏人的尊严、剥夺人的权利的罪恶,揭示封建社会吃人的本质。"论文的最后结论(末句)是:"封建的社会制度,是孔乙己悲剧的真正制造者。"[10]有一本研究专著《鲁迅研究三十年》,观点与之一致,但文字表述不同。此书称,小说对孔乙己的描写,"重点是揭示孔乙己作为地主阶级知识分子的灵魂深处的坏东西,表现封建制度的罪恶"[11]。

上面列举的三种观点,近十种实例,都是把孔乙己的命运与某一制度联系起来,其论断不妨总括为"制度说"。按照社会学理论,人是一种社会存在,生活在某一特定社会,离不开特定的社会制度,任何个人都不能例外。因此,以"制度说"解释小说人物,很有道理,并没有错。可困难在于,读者或教师面对的,是出现于咸亨酒店的孔乙己。拿"制度说"解释喝酒的孔乙己,以及酒店中其他人物,他们的纠葛、矛盾,他们说的话、做的事等等,显得太空泛、太抽象,解决不了有关具体问题。比如,小说第4段有一个细节:"孔乙己一到店，所有喝酒的人便都看着他笑”。为什么在孔乙己到店时，酒客们都看着他笑？他们的“笑”，有何含义？再如第7段写到，孔乙己要教小伙计写“茴”字，他说的话：“不能写罢？……我教给你，记着！这些字应该记着。将来做掌柜的时候，写账要用。”这话是什么意思？为什么说这些话？以这两处疑点为例，无论“科举制度说”，或“教育制度说”“社会制度说”，似乎都难以解释清楚，或者解释起来十分费口舌。

对于《孔乙己》阅读和教学中，可能遇到的各种具体问题，既然“制度说”解决不了，是不是应该改变研究路径，换一种解读方法，回归于作者的思想观念与写作意图？即，从一般性的社会学理论，改为以鲁迅的创作意旨为根据，探究他为什么写这篇小说？依照鲁迅弟子孙伏园转述：“《孔乙己》作者的主要用意，是在描写一般社会对于苦人的凉薄。”[12]此所谓“凉薄”，是鲁迅所研究的中国人人性（国民性）的一种表现。能否以鲁迅的人性论述，主要用意，解读《孔乙己》的人物、情节等具体内容和文字？

二　寒气逼人的凉薄世界

“凉薄”一词，非属现代汉语常用词，各版《现代汉语词典》及《辞海·语词分册》均未收，亦不见于《现代汉语常用词表（草案）》（商务印书馆2008年版），只在《汉语大词典》中可以查到。《大词典》的释义是：微薄、浅薄；亦指淡薄，如，人情淡薄。鲁迅在《文化偏至论》中，写道："庸凡凉薄，日益以深，顽愚之道行，伪诈之势逞，而气宇品性，卓尔不群之士，乃反穷于草莽，辱于泥涂。"[13]其中"凉薄"，与"对于苦人的凉薄"之"凉薄"，含义相同，指人情淡薄。成语"人情冷暖，世态炎凉"，庶几近之。在《孔乙己》中，各类人物，主要故事情节（包括细节），无不显示着社会"庸凡"（即一般社会），对于读书人孔乙己的寒凉与薄情。不同人物各有表现，显示不同的人性特点。

1.幸灾乐祸

在咸亨酒店，人数最多的是酒客。他们以幸灾乐祸的心理和姿态，对待读书人孔乙己的潦倒与苦难。对于国人的幸灾乐祸，鲁迅曾一再予以抨击，如："沪上人心，往往幸灾乐祸。冀人之危，以为谈助。"[14]"惟憎人者，幸灾乐祸，于一生中，得小欢喜，少有罣碍。"[15]"（猫的性情）颇与人们的幸灾乐祸，慢慢地折磨弱者的坏脾气相同。"[16]在酒店，那些喝酒的人，就是鲁迅抨击的："冀人之危，以为谈助""得小欢喜""慢慢地折磨弱者"。

酒客的幸灾乐祸，具有几个"性"：一是群众性。"所有喝酒的人便都看着他笑"，"所有"意味着全体，全都参与，没有例外。文中所写，"他们又故意的高声嚷道""他们便接着说道"，两个"他们"指所有在场的酒客。二是进攻性（主动性）。酒客对孔乙己的笑，不是被动的偷着乐、窃喜，而是逗笑、调笑，能动地"得小欢喜"。如，看到孔乙己到店，他们就兴高采烈，乐子来了。发现他脸上有新伤疤，他们更是兴奋，于是由新伤疤，进而嘲笑他，"又偷了人家的东西了"，等等。三是常态性。酒客们“看着他笑”,发生在“孔乙己一到店”之时。此“一”,除“刚刚”之意外,还“含有‘每一、凡是’的意思”[17],亦即酒客们嘲笑孔乙己，是经常发生的。只要孔乙己来到酒店,一场笑剧、闹剧就开演。四是整体性。酒客们对孔乙己,既笑他的现在:有了新伤疤,“吊着打”;又笑他的过去:“没有进学”,“连半个秀才也捞不到”。孔乙己的全部，他的一生,都很可笑。

关于酒客嘲笑孔乙己,有一种观点,认为只是短衣帮如此,长衫主顾不在内。如上引专论《情感》,文中一再提及,“短衣帮肆意地嘲笑孔乙己”“(《孔乙己》）不经意地讽刺短衣帮”“短衣帮、掌柜的和孩子们(与孔乙己的对话)”,等等,都排除长衫主顾。如此区分,不知有何依据。原文说的是,“所有”喝酒的人,“都”看着他笑,不包括长衫主顾?(这一观点,也是早已有之,从 80 年代的研究论文,到现在的教师教学用书,屡见不鲜,不必一一征引。)

2.贪得无厌

咸亨酒店的掌柜作为酒店主人，起掌握和调控全店作用。他对待喝酒的人,包括孔乙己,表现出另一种人性:贪得无厌。在商言商,开店自然要赚钱。可掌柜赚钱,是锱铢必较,薄情寡义,不合商业道德,有违正常人性。

掌柜赚钱,很讲究策略,应付不同顾客,使用不同对策。那些“要酒要菜,慢慢地坐喝”的“长衫主顾”,他们花钱多,也最挑剔,掌柜就挑机灵、有经验的伙计,安排在“店面隔壁的房子里”,专门伺候他们,使之满意,吸引这些酒客多多光顾。对于只“花四文铜钱,买一碗酒”的短衣帮,掌柜的办法是，在酒里“羼水”，即掺水使假，以次充好。具体手法多有变化，短衣帮们早有领教。所以，“要亲眼看着黄酒从坛子里舀出，看过壶子底里有水没有，又亲看将壶子放在热水里，然后放心”。一碗酒里能掺多少水？毕竟有限。但积少成多，连年累月，也相当可观。着眼于长远，这就是生意经。

掌柜对待孔乙己，与酒客们一样，包藏幸灾乐祸之心，还要加上薄情寡义，充分利用。当孔乙己“盘着两腿，下面垫一个蒲包，用草绳在肩上挂住”，靠手走来买酒时，掌柜见了，不但丝毫没有关心与同情，也没有对丁举人暴行表示愤恨，反而立刻向孔乙己讨账，接着取笑他：“你又偷了东西了！”“要是不偷，怎么会打断腿？”他念念不忘的是，孔乙己“还欠十九个钱呢！”从中秋前两三天，到年关，再到第二年的端午，反复念叨这句话。更绝情的是，他以孔乙己为由头、为工具，服务于他的生意经：就孔乙己制造话题，引人发笑，活跃气氛，增加酒客们的乐趣，以此稳住老顾客，招来新生意。比如，在掌柜取笑孔乙己，笑他被打断腿之际，“此时已经聚集了几个人，便和掌柜都笑了。”

掌柜与孔乙己的关系，他的唯利是图，薄情寡义等，是《孔乙己》的重要情节，是小说后面几段着力之处，不可忽视。可是很遗憾，从80年代出版的论著、资料，到近年新发表的论文，均不予置评。

3.凶狠残暴

100多年前，美国传教士中文名明恩溥者，在持续考察中国各地后，评论道：“中国人缺乏同情心的最突出表现是残酷。”[18]鲁迅对中国人的残酷，有更深刻的批判。在《鲁迅全集》中,论及残酷的文字有30多处,如,“暴君的臣民,只愿暴政暴在他人的头上,他却看着高兴,拿‘残酷’做娱乐,拿‘他人的苦’做赏玩,做慰安”[19]。“中国还有更残酷的。”[20]等等。

苦人孔乙己,在他悲戚的生命历程中,不可避免地遭遇到残酷,这就是,来自何家、丁举人等的暴力摧残。小说写道:“什么清白?我前天亲眼见你偷了何家的书,吊着打。”这是一个酒客争抢做证说的。另有酒客述说,孔乙己因偷丁举人的东西,“先写服辩,后来是打,打了大半夜,再打折了腿。”小说前面写,因为偷书,被吊着打;后面写,因为偷东西,就被打了大半夜,再打折了腿。何、丁之流的凶狠残暴,前后是一致的。从“皱纹间时常夹些伤痕”“脸上又添上新伤疤”,到最终“盘着两腿”“满手是泥,原来他便用这手走来”,乃至“坐着用这手慢慢走去”,暴力残害伴随孔乙己一生,直到彻底消失。

对于丁举人残害孔乙己一事,有关著作和资料的评论,都与科举制度、“飞黄腾达”联系起来。如《指导书》说:“沿着科举的阶梯爬了上去的丁举人,成了地主豪绅,作威作福、冷酷暴虐,与孔乙己恰成鲜明对比。”[21]《研究》云:“如果孔乙己不是走向悲惨的末路,而是像丁举人那样飞黄腾达……恐怕他照样也会作威作福,把残暴加到别的奴隶身上。”[22]《力量》的说法是:“如果孔乙己不是走向悲剧的末路,而是走上了丁举人那种飞黄腾达的道路……他大约也会像丁举人那样”“把残暴落到悲苦无告的小人物身上”。[23]可商榷者:一、此论是“制度说”的延伸,上文已予辨析;二、以“如果”立论,基础不牢,“恐怕”怎样,或“大约”怎样,并非必然,说服力不足；三、说孔乙己会像丁举人那样，这是齐物论、调和观，既淡化孔乙己的痛苦，又抹杀丁举人的罪恶；四、只谈丁举人如何，而忽略前面吊着打与后面打断腿，前后的统一与联系，影响对小说表现人性残酷的认知。

4.冷漠麻木

美国传教士明恩溥，曾评论中国人的麻木不仁，并且与欧洲人相比，说，中国人“与我们相比是‘麻木不仁’的”。他发问：“谁最适于生存？是‘神经质’的欧洲人，还是不知疲倦、无所不往而又冷漠迟钝的中国人？”[24]鲁迅早年留学日本时，就关注到中国人的麻木，体悟到“我们的第一要著，是在改变他们的精神”[25]。他通过小说、杂文、书信揭示“闰土的辛苦麻木”[26]，揭示市民“厚重的麻木”[27]，提出“要治这麻木状态的国度”[28]。

在《孔乙己》中，鲁镇人的冷漠麻木，有多处显示，分属两种情况。一种是平时，对于孔乙己遭受的欺辱、嘲笑，他的精神痛苦所表现的冷漠麻木。在小说第4、6段有两次写道：“在这时候，众人也都哄笑起来：店内外充满了快活的空气。”所谓“在这时候”，指经常性的，指酒客们对孔乙己的戏弄、逗笑，这里的“众人”包括店外围观的路人、邻居等。这些鲁镇人，虽然没有直接参与对孔乙己的戏耍，却从酒客们的幸灾乐祸，分享“快活”，共同“哄笑”，而对孔乙己的处境和痛苦，毫无同情。一句“孔乙己是这样的使人快活，可是没有他，别人也便这么过”说尽了鲁镇人与孔乙己的关系：孔乙己无足轻重，有他，鲁镇人可获得一点快活，没有他，照样过日子。

另一种是在孔乙己被打断腿，濒临死亡状态下，表现出的冷漠麻木。小说第 10 段，写到“孔乙己长久没有来”，有一段人物对话：

> 一个喝酒的人说道，“他怎么会来？……他打折了腿了。”掌柜说，“哦！”“他总仍旧是偷，这一回，是自己发昏，竟偷到丁举人家里去了。他家的东西，偷得的么？”“后来怎么样？”“怎么样？先写服辩，后来是打，打了大半夜，再打折了腿。”“后来呢？”“后来打折了腿了。”“打折了怎样呢？”“怎样？……谁晓得？许是死了。”

对话中，掌柜接连追问：“后来怎么样？”“后来呢？”“打折了怎样呢？”显示他急切想知道，孔乙己是否活着，还能不能讨回那十九个钱。和掌柜的急切相反，喝酒的人答话慢条斯理，爱答不理的：两次话中停顿（以省略号表示），两次重复掌柜的问话，“怎么样？”“怎样？”显示他对话题的冷淡。其谈话内容，一方面，对丁举人的权势，极度尊崇与“臣服”；另一方面，贬斥孔乙己，说他自作自受，活该被打折腿。又以“谁晓得？许是死了。”表示对孔乙己性命的不屑。小说最后写道：“他喝完酒，便又在旁人的说笑声中，坐着用这手慢慢走去了。”句中“旁人”，指掌柜取笑孔乙己时，聚集的几个人。这是告诉读者：孔乙己是在鲁镇人的说说笑笑中，走向死亡的。

置身于众人、别人、旁人中的鲁镇百姓，属于“群众演员”，多数未露面，是“沉默的大多数”。但正是他们，构成“一般社会”的基础，对孔乙己这样的苦人实施凉薄。而诸多论著、研究文章与资料，从不关注这些“群众演员”，更不予评论。

三　零落成泥香如故

传教士明恩溥观察中国人，注意到了中国人积极的方面，如：勤劳、忍耐与坚韧等等。鲁迅在研究中国人时，更是颂扬了杰出人士：“我们从古以来，就有埋头苦干的人，有拼命硬干的人，有为民请命的人，有舍身求法的人……”称赞他们“是中国的脊梁”㉙，“代表着中国人性质之一种”㉚。在《孔乙己》中，是受压制的苦人与小人物，体现出中国人的积极性质。从他们的言行，可以感受到，他们心中跳动着火热的心。

1.诚信与友善

小说主人公孔乙己，虽然穷困潦倒，备受凉薄，却保存着诚信品质，而且待人友善。这是十分难能可贵的。

诚信在当代是社会主义核心价值观内容之一。据宣示，诚信即诚实守信，是我们人类社会千百年传承下来的道德规范，也是社会主义道德建设的重要内容，是为人之道，立身之本，是公民的第二个“身份证”。又称，人无诚信不立，业无诚信不兴，国无诚信不强。这一道德规范，在旧时代，在潦倒的读书人孔乙己身上，也有鲜明的体现。小说中的“我”，对店里的人有一个比较:“他在我们店里，品行却比别人都好”。意思是说,孔乙己的品性,优于其他酒客,以及掌柜、伙计等人。其根据,“就是从不拖欠;虽然间或没有现钱,暂时记在粉板上,但不出一月,定然还清,从粉板上拭去了孔乙己的名字。”事实确是这样,如小说所写,孔乙己前后两次到酒店,喝酒都是付现钱。“从不拖欠”,表明他谨记古训“民无信不立”的传统,是守信的读书人。

孔乙己的诚实，表现在对自己过失的态度上，错就是错,承认过错,自责、自疚。小说四次写到这样的事。一是酒客说:“你偷了何家的书”,他承认“窃书”。二是酒客嘲笑他,“连半个秀才也捞不到”,他“立刻显出颓唐不安模样”,为科举失利而内疚。三是丁举人拷打他偷东西,他认罪,写了服辩。四是为“还欠十九个钱”,再次“颓唐”,内心承认疏失,表示“下回还清罢”。

孔乙己的真诚之心,还表现于对孩子的友善——

友善,也是社会主义核心价值观内容之一。孔乙己的友善,在酒店里,显示为对孩子的关爱,包括小人物“我”,连同邻舍孩子。

孔乙己与小人物“我”,有一次对谈,在第7段。

> 有一回对我说道,“你读过书么？”我略略点一点头。他说,“读过书,……我便考你一考。茴香豆的茴字,怎样写的？”我想,讨饭一样的人,也配考我么？便回过脸去,不再理会。孔乙己等了许久,很恳切的说道,“不能写罢？……我教给你,记着！这些字应该记着。将来

做掌柜的时候,写账要用。”我暗想我和掌柜的等级还很远呢,而且我们掌柜也从不将茴香豆上账;又好笑,又不耐烦,懒懒的答他道,“谁要你教,不是草头底下一个来回的回字么?”孔乙己显出极高兴的样子,将两个指头的长指甲敲着柜台,点头说,“对呀对呀!……回字有四样写法,你知道么?”我愈不耐烦了,努着嘴走远。孔乙己刚用指甲蘸了酒,想在柜上写字,见我毫不热心,便又叹一口气,显出极惋惜的样子。

读这次对谈可知,“我”对孔乙己很冷淡,而孔乙己十分真诚、热情。“我”的冷淡,与环境有关,受酒客、掌柜等人影响所致,他毕竟是孩子。而孔乙己的友善,是发自内心的,与凉薄的环境气氛相反。如上引原文,他连续提问、发话4次(“我”只回答一句),每一次都体现他的热心肠。仅以第3次为例:“不能写罢?……我教给你,记着!这些字应该记着。将来做掌柜的时候,写账要用。”这里实际是4句话。“不能写罢?”是温和而亲切的提示。“……我教给你,记着!”省略号表示时间间隔,是耐心启发与等待,留出时间,让“我”想一想,能不能写。“我教给你,记着!”呼应前面“读过书,……我便考你一考。”是一种诚恳表示,意图在于,要教“我”读书识字。“这些字应该记着”的“这些字”是说,要学很多的字,不只“茴”字。两个“记着”,是反复叮嘱。最后以“做掌柜”的话,提出希望,以“将来”的愿景鼓舞“我”,当好伙计,以后你也可以做掌柜。

邻舍孩子是幼儿,孔乙己的友善与关爱表现为:和他们分享自己不多的茴香豆，并且以平等、温和的态度对待他们。如，弯腰下去对他们说话，以“不多了，我已经不多了”解释不能再给的原因，等等。

很遗憾，关于孔乙己如何对待孩子，他的友善和关爱，旧有专著《新论》和新近论文《细读》等，均做出相反评价，认为是卖弄学问，炫耀知识。这一观点很普遍，无须具体举例。还有一种情况，是误解相关细节，乃至误读文字。在此仅举一例。在小说原文中，孔乙己说的是“回字有四样写法”，而论者说成“茴”字有四样写法。如《研究》的论断：孔乙己的纯朴善良，“以‘茴’字有四样写法等可笑的形式表现出来”[31]。《情感》评论说，“‘我’自然瞧不起这样一个落魄人物”，“这从拒绝孔乙己教他‘茴香豆’茴字四种写法的举动，自然泄露无疑”[32]。如此回、茴不分的例子，亦见于其他几种论著和文章。

2.关注与牵挂

12 岁的伙计“我”是一个小人物，酒店里的人们，谁也不看好他（孔乙己例外）。可就在他身上，体现出积极的品性：关注苦人，牵挂受害者。

第一，关注苦人孔乙己。关注什么？“我”关注的——

一是孔乙己的形象变化：他的外貌、形体，他和别人不同的地方。刚进酒店当伙计，“我”就发现：孔乙己身材很高大，脸色青白，额头有伤痕，花白胡子乱蓬蓬；身穿长衫，可是又脏又破；开口说话是难懂的之乎者也。和别的酒客相比，他是“站着喝酒而穿长衫的唯一的人”。从外表与喝酒姿势看，孔乙己是一个特殊酒客，既不同于长衫主顾，也有别于短衣帮。这是一开始，“我”观察到的。隔了好长一段时间，孔乙己再次来到店里，付钱买酒喝，他的样子竟然完全变了。“我”看到的是，孔乙己“脸上黑而且瘦，已经不成样子；穿一件破夹袄，盘着两腿，下面垫一个蒲包，用草绳在肩上挂住”，他“从破衣袋里摸出四文大钱，放在我手里”，“满手是泥，原来他便用这手走来的”，等等。前后变化如此之大，为什么？这是他的遭遇造成的。

二是孔乙己的凄惨遭遇：酒店中各色人等，如何欺凌孔乙己，孔乙己又是怎样应对的。孔乙己来酒店买酒喝，和他交集最多的有酒客、掌柜等人。“我”注意到，酒客们对孔乙己极尽侮辱、戏要之能事，嘲笑他偷何家书，被吊着打，嘲笑他没有进学，连半个秀才也捞不到，等等。掌柜也取笑他，笑他被丁举人打断腿，还利用他引人发笑……孔乙己呢？他对酒客、掌柜的凌辱、取笑，是拒不接受，绝不屈服，还之以坚决抗争。如，酒客们故意高声嚷：“你一定又偷了人家的东西了！”他就睁大眼睛反击：“你怎么这样凭空污人清白……”掌柜笑他，“你又偷了东西了！”他以“不要取笑！”直接抗议。对孔乙己来说，最严酷的打击是来自于何家、丁举人之流，对他实施的暴力恐怖，致命的人身摧残。对此，孔乙己却无力反抗，只能承受。“我”关注这一切，但没有表达或流露出来，他的不平与同情，只存于内心中。

第二，牵挂受害人孔乙己。在中秋前两三天，“我”已经牵挂起孔乙己，在掌柜说“孔乙己长久没有来”的时候，关注已经表现为牵挂：“我才也觉得他的确长久没有来了。”最大、最深的牵挂，是孔乙己被丁举人打断腿，“我”目送他，坐着用手慢慢走去以后。

自此以后，又长久没有看见孔乙己。到了年关，掌柜取下粉板说，“孔乙己还欠十九个钱呢！”到第二年的端午，又说“孔乙己还欠十九个钱呢！”到中秋可是没有说，再到年关也没有看见他。

我到现在终于没有见——大约孔乙己的确死了。

这是一种久远的牵挂。掌柜念念不忘，“孔乙己还欠十九个钱呢！”而“我”牵挂的是，被打断腿的孔乙己，走去以后将会怎样？他还活着吗？“自此以后，又长久没有看见孔乙己。”再到年关，“也没有看见他”。直到20多年后，“我到现在终于没有见——大约孔乙己的确死了。”这时的“我”，早已不是小伙计，当年的鲁镇人，包括酒客、掌柜等等，也早已云散，都把孔乙己忘得一干二净，而已经成为中年人的“我”，还在牵挂着孔乙己。“大约孔乙己的确死了。”这是对20多年前就发生的疑问与牵挂，最后的自我回答。

关于“我”与孔乙己的关系，“我”对孔乙己的态度，既往的诸多学者，持论几乎一边倒：“我”（小伙计）看不起（或“随意取笑”“讥笑”等）孔乙己。对此观点的最新表述，见于专论《情感》，除上引“‘我’自然瞧不起这样一个落魄人物”外，还有“‘我’面对满口之乎者也的孔乙己，却也是不屑一顾”[33]这样的说法。其实，从小说全篇看，小伙计“我”，只是一度（“有一回”，即二人对谈时）对孔乙己表现出冷淡和轻慢，成人“我”已经以正面评价（“他在我们店里，品行却比别人都好”),改正了年少时的看法。

四　余论:人性探索的艺术呈现

研究《孔乙己》,解读其内容,值得思考的是,为什么小说立意于描写一般社会对于苦人的凉薄?若寻求答案,可从作者的人性探索入手。

鲁迅早在留学日本时,已经开始关注人性问题。他的乡友兼挚友,那时一起学习的许寿裳回忆说:“我们又谈着三个相联的问题:(一)怎样才是理想的人性?(二)中国民族中最缺乏的是什么?(三)它的病根何在?……当时我们觉得我们民族最缺乏的是诚和爱”[34]。鲁迅曾撰文论述科学的意义,文中说及:“时泰,则为人性之光”“皆所以致人性于全,不使之偏倚”[35]。在日本时,鲁迅还认真研读过美国传教士明恩溥著作的日译本。此书是研究中国人人性的专门著作[36],十分难得。鲁迅对书的内容,给予积极评价,希望有人翻译介绍到中国。嗣后,鲁迅持续观察与研究人性问题。如在日记中写道:“上午赴部,车夫误蹍地上所置橡皮水管,有似巡警者及常服者三数人突来乱击之,季世人性都如野狗,可叹!”[37]在杂文里说,“要风化好,是在解放人性,普及教育”[38],等等。鲁迅研究人性,是为了解放人性。对于如何解放人性,他指出:“善于改变精神的是,我那时以为当然要推文艺。”[39]谈到自己的小说创作,他说,“我仍抱着十多年前的‘启蒙主义’,

以为必须是'为人生',而且要改良这人生。……所以我的取材,多采自病态社会的不幸的人们中,意思是在揭出病苦,引起疗救的注意。"[40]

解放人性,改良人生,既是鲁迅创作的总体思想,也是《孔乙己》立意的由来:通过描写凉薄,以揭出病苦,警示国人,引起疗救的注意。

从《狂人日记》起,《呐喊》《彷徨》中的作品,都有对人性的揭示,但各篇情况不同。《孔乙己》的独特性在于:

1.《孔乙己》是鲁迅揭示人性小说的第一篇。上一篇《狂人日记》,虽然也有反映人性的内容,但据鲁迅自述,《呐喊》的首篇《狂人日记》,"意在暴露家族制度和礼教的弊害"[41]。而《孔乙己》的主要用意,就在于描写人性的凉薄,篇中人物、情节等等,都为表现主旨服务,是其不可或缺的组成部分。

2.《孔乙己》揭示的人性,具有多面性、复杂性。所写一般社会的凉薄,即酒客的嘲笑,掌柜的取笑,鲁镇人的冷漠等等,是小说的主要内容,重点所在;与这种消极人性相反,小说同时表现了孔乙己的诚信、温情与爱心,"我"对苦人的关注,对受害者的牵挂等等,这些属于积极的、正面的人性。社会并非漆黑一团,人间自有美好一面。

3.《孔乙己》回应了鲁迅早年看法:我们民族最缺乏的是诚和爱。小说中,唯一遭受精神伤害、躯体残害者,是潦倒的读书人孔乙己,可在他身上,却显示出我们民族所缺乏的真诚与爱心。这是鲁迅民族观,乃至社会观的正面体现,诚和爱的缺乏,并不等于全无;这也是他对知识者的期许,读书人担负有社会、民族的责任,他们更要重视改善自己的品性。

拙文对此前《孔乙己》研究的探讨，到此为止。不知鄙见可否提供批判？为便于讨论，文中对时贤的高论，多有引述，亦不知是否适当、有无曲解？凡此种种，敬待方家审正与赐教。

注释：

①据叶圣陶《文艺作品的鉴赏》："鲁迅的《孔乙己》，现在小学高级和初级中学都选作国语教材，读过的人很多了。"（《叶圣陶语文教育论集》上册，教育科学出版社，1980年版，第259页）此处所说"现在"，指1938年前后（按，此文原载1938年4月，上海开明书店出版的《阅读与写作》一书）。1949年10月以后，《孔乙己》一直选作中学语文教材。查近年出版的课本，现在编入人民教育出版社《义务教育课程标准实验教科书·语文》九年级下册。

②《中学课本鲁迅小说汇释》（北京师范大学中文系编，天津人民出版社1981年版）提供的资料显示，1956年许钦文的《〈呐喊〉分析·孔乙己》与1957年胡冰的《略论"孔乙己"》，最初将孔乙己的悲剧命运归结于封建科举制度。（该书第104页）

③范伯群、曾华鹏：《鲁迅小说新论》，人民文学出版社，1986年版，第30页。书中论文《社会对于苦人的凉薄——论〈孔乙己〉》。

④《中学语文教学指导书（人教版）》中《孔乙己》篇，人民教育出版社，1988年版，第322、323页。按：教学指导书的编写，通常以学术界公认的观点为依据；亦即，科举制度说在当时得到

鲁迅研究者的普遍认可。

⑤张中良:《〈孔乙己〉细读》,《鲁迅研究月刊》2016年第9期。

⑥李生滨:《〈孔乙己〉的叙述人称、叙事结构和内在情感》,《鲁迅研究月刊》2018年第6期。

⑦林志浩:《鲁迅研究》(下册),中国人民大学出版社,1988年版,第130、131页。书中论文《关于〈孔乙己〉的分析和研究》。

⑧翰先:《谈〈孔乙己〉中的一句话》,北京《语文学习》1951年创刊号。

⑨张毕来:《新文学史纲》第1卷,作家出版社,1955年版,第32页。

⑩刘再复:《论中国文学》,作家出版社,1988年版,第148、155页。书中论文《〈孔乙己〉的美学力量》。

⑪陈安湖:《鲁迅研究三十年集》,华中师范大学出版社,1988年版,第189页。书中论文《说〈孔乙己〉》。

⑫孙伏园、孙福熙:《孙氏兄弟谈鲁迅》,新星出版社,2006年版,第173页。

⑬鲁迅:《文化偏至论》,《鲁迅全集》(第1卷),人民文学出版社,1981年版,第51页。

⑭鲁迅:《310204致李秉中》,《鲁迅全集》(第12卷),人民文学出版社,1981年版,第37页。

⑮鲁迅:《〈绛洞花主〉小引》,《鲁迅全集》(第8卷),人民文学出版社,1981年版,第145页。

⑯鲁迅:《狗·猫·鼠》,《鲁迅全集》(第2卷),人民文学出版社,1981年版,第234页。

⑰北京大学中文系:《现代汉语虚词例释》,商务印书馆,1982年版,第60页。

⑱[美]亚瑟·亨·史密斯著:《中国人气质》,张梦阳、王丽娟译,敦煌文艺出版社,1995年版,第157页。

⑲鲁迅:《热风·六十五暴君的臣民》,《鲁迅全集》(第1卷),人民文学出版社,1981年版,第366页。

⑳鲁迅:《电的利弊》,《鲁迅全集》(第5卷),人民文学出版社,1981年版,第14页。

㉑《中学语文教学指导书(人教版)》中《孔乙己》篇,人民教育出版社,1988年版,第322、323页。

㉒林志浩:《鲁迅研究》(下册),中国人民大学出版社,1988年版,第130、131页。

㉓刘再复:《论中国文学》,作家出版社,1988年版,第148、155页。

㉔[美]亚瑟·亨·史密斯著:《中国人气质》,张梦阳、王丽娟译,敦煌文艺出版社,1995年出版,第68-69页。

㉕鲁迅:《呐喊·自序》,《鲁迅全集》(第1卷),人民文学出版社,1981年版,第417页。

㉖鲁迅:《故乡》,《鲁迅全集》(第1卷),人民文学出版社,1981年版,第485页。

㉗鲁迅:《太平歌诀》,《鲁迅全集》(第4卷),人民文学出版社,1981年版,第103页。

㉘鲁迅:《两地书十二》,《鲁迅全集》(第11卷),人民文学出版社,1981年版,第46页。

㉙鲁迅:《中国人失掉自信力了吗》,《鲁迅全集》(第6卷),人民文学出版社,1981年版,第118页。

㉚鲁迅:《晨凉漫记》,《鲁迅全集》(第5卷),人民文学出版社,

1981 年版，第 235 页。
㉛林志浩：《鲁迅研究》(下册)，中国人民大学出版社，1988 年版，第 138 页。
㉜㉝李生滨：《〈孔乙己〉的叙述人称、叙事结构和内在情感》，《鲁迅研究月刊》2018 年第 6 期。
㉞许寿裳：《回忆鲁迅》，《我所认识的鲁迅》，人民文学出版社，1981 年版，第 59 页。
㉟鲁迅：《科学史教篇》，《鲁迅全集》(第 1 卷)，人民文学出版，社 1981 年版，第 35 页。
㊱[美]亚瑟·亨·史密斯著：《中国人气质》，另有中国和平出版社译本(2000 年出版)，书名为《中国人人性》。
㊲鲁迅：《鲁迅日记》(1913 年 2 月 8 日)，《鲁迅全集》(第 14 卷)，人民文学出版社，1981 年版，第 41 页。
㊳鲁迅：《坚壁清野主义》，《鲁迅全集》(第 1 卷)，人民文学出版社，1981 年版，第 258 页。
㊴鲁迅：《呐喊·自序》，《鲁迅全集》(第 1 卷)，人民文学出版社，1981 年版，第 417 页。
㊵鲁迅：《我怎么做起小说来》，《鲁迅全集》(第 4 卷)，人民文学出版社，1981 年版，第 512 页。
㊶鲁迅：《〈中国新文学大系〉小说二集序》，《鲁迅全集》(第 6 卷)，人民文学出版社，1981 年版，第 239 页。

孔乙己:表象与本真
——《孔乙己》文本品读

一个世纪以来,《孔乙己》研究,一如鲁迅其他小说研究一样,成果丰硕,却聚讼纷纭,不同论著之间,观点往往大相径庭。分析原委,可能与论者的眼光有关。比如,是聚焦孔乙己外在形象,抑或探究人物的真实内涵,等等。

一 表象孔乙己

学者研究《孔乙己》和一般读者相同,都是从初步感知入手,由第一印象开始。

1.异类,怪人

对孔乙己的第一印象,来自小伙计。小说对孔乙己的描写,首句是:“孔乙己是站着喝酒而穿长衫的唯一的人。”接着有,“他身材很高大;青白脸色,皱纹间时常夹些伤痕;一部乱蓬蓬的花白的胡子。穿的虽然是长衫,可是又脏又破,

似乎十多年没有补，也没有洗。他对人说话，总是满口之乎者也，教人半懂不懂的。"（第 4 段开头）

12 岁当伙计的"我"，最初见到的孔乙己，就是这个样子。据小说前面所写，咸亨酒店的酒客，分为两种：一种是，"靠柜外站着，热热的喝"，此为短衣帮，另一种是长衫主顾，他们"踱进店面隔壁的房子里，要酒要菜，慢慢地坐喝。"（第 1 段）而孔乙己，从喝酒的姿势、位置看，他站着喝酒，靠近短衣帮，可是身穿长衫，分明是长衫主顾，却没有去店面隔壁，坐着喝酒。这样的酒客，只有他一人，介于两者之间，又不属于其中哪一种。仅有的特殊酒客，喝酒人中的另类：如此孔乙己。

根据"我"的观察，从体型、面容，尤其衣着、语言看，孔乙己更是奇特，怪诞。身材魁梧，却缺少营养，一把年纪而不修边幅，额头还带着伤；一件长衫脏兮兮，旧而且破，长久不洗也不补；开口就是古人说的话，之乎者也的，别人似懂非懂。为人这样怪异，在咸亨酒店，在全鲁镇，乃至其他地方，孔乙己均属罕见。

2."窃书不能算偷……"

《孔乙己》的人物，在主人公孔乙己之外，还有众酒客，掌柜，小伙计"我"，等等。小说演绎的是，孔乙己与这些人纷争、纠葛、交集的故事。主要情节发生在，孔乙己与酒客，与小伙计"我"，与掌柜等人之间。

第一个情节是，孔乙己与酒客的纷争，有前后两场。前一场，起于众酒客的笑，"孔乙己一到店，所有喝酒的人便都看着他笑"。接着，就是语言交锋，酒客居于主导："孔乙己，你脸上又添上新伤疤了！”“你一定又偷了人家的东西了！”孔乙己辩驳酒客，“凭空污人清白”。酒客不依不饶：“什么清白？我前天亲眼见你偷了何家的书，吊着打。”孔乙己于是争辩说，“窃书不能算偷……窃书！……读书人的事，能算偷么？”等等。后一场，依然是酒客主动出击，接连发问：“孔乙己，你当真认识字么？”“你怎的连半个秀才也捞不到呢？”孔乙己没有回答。两场交锋，都以“众人都哄笑起来：店内外充满了快活的空气”收场。（第4、6段）

从两场纷争，读后认知是：一、孔乙己偷窃，却自称“窃书不能算偷……”；二、他自认是读书人，但“连半个秀才也捞不到”；三、在酒客中，孤立而狼狈，只能用之乎者也应对，引起众人哄笑。

3.“谁要你教”

故事的第二个情节，是孔乙己与孩子的交集。原因是：“孔乙己自己知道不能和他们谈天，便只好向孩子说话。”孩子有两类，分属不同年龄段。

首先是少年“我”。二人有一场对谈，谈话中，孔乙己说的多，“我”的应答少。中心话题是，读书，写字，认字。孔乙己所说有：“你读过书么？”“读过书，……我便考你一考。茴香豆的茴字，怎样写的？”“不能写罢？……我教给你，记着！这些字应该记着。将来做掌柜的时候，写账要用。”“对呀对呀！……回字有四样写法，你知道么？”说这些话的同时，还有神态、表情等变化，从“等了许久，很恳切的说道”，到“显出极高兴的样子”“点头说”，再到“便又叹一口气，显出极惋惜的样子”等。

孔乙己说了许多话，而“我”只回应一句：“谁要你教，不是草头底下一个来回的回字么？”“我”的动作、心理活动是：“略略点一点头”“我想，讨饭一样的人，也配考我么？便回过脸去，不再理会”“我暗想我和掌柜的等级还很远呢……”“我愈不耐烦了，努着嘴走远。”(第7段)

“我”说出的“谁要你教”，没有说出的“讨饭一样的人，也配考我么”，以及不再理会、愈不耐烦等情绪，显示“我”在此时对孔乙己的态度。

其次是年幼的邻舍孩子。他们态度如何？与“我”相近，吃了孔乙己给的茴香豆，没有什么表示，“这一群孩子都在笑声里走散了”。(第8段)

4.“你还欠十九个钱呢！”

孔乙己与掌柜的纠葛，是故事第三个情节。(第10、11段)在纠葛中，有两点引人瞩目：

一是，掌柜反复提起：“孔乙己还欠十九个钱呢”。中秋前两三天，掌柜在结账时忽然说，“孔乙己长久没有来了。还欠十九个钱呢！”中秋过后，孔乙己盘着两腿，坐着用手走到酒店买酒喝，掌柜一见面就说，“孔乙己么？你还欠十九个钱呢！”孔乙己喝完酒，走去以后，就没有再来。经历年关，到第二年的端午，掌柜一次再次重复，“孔乙己还欠十九个钱呢！”

二是，掌柜对孔乙己的取笑。掌柜见到孔乙己，在讨账催债后，就取笑孔乙己，“你又偷了东西了！”“要是不偷，怎么会打断腿？”受他的吸引，“此时已经聚集了几个人，便和掌柜都笑了。”在这些人的说笑声中，孔乙己坐着用手慢慢走去。

在与掌柜纠葛中，针对欠账，孔乙己说的是：“下回还清罢。这一回是现钱”;对掌柜的取笑,他回以“不要取笑!”但是声音微弱,很像恳求掌柜,不要再提。

孔乙己走去以后,长久没有看见他。据“我”推断,“大约孔乙己的确死了”。故事到此结束。(第12、13段)

二 本真孔乙己

文学精品,都是耐咀嚼,须品味的。初读《孔乙己》,得到的只是零散印象,即表象,真正理解或读懂,尚待反复、细致研读,注重体悟,就是所谓文本品读。如此,才可识得孔乙己的本真,乃至“我”、酒客、掌柜等人的意义。

1.争辩酒客

品读孔乙己,开始于他和酒客的争辩(第一情节)。其中,可体悟者颇多,比如以下三个问题:

第一,他为什么站着喝酒而穿长衫?上文说到,孔乙己身穿长衫,属于长衫主顾,却和短衣帮站在一起喝。细品缘由:他是刻意保持距离,不愿和长衫酒客坐在一起。因为,嘲笑孔乙己的酒客,主要是那些长衫主顾。孔乙己为何穿长衫?回答是,此乃读书人“标准服”,说明他看重读书人身份。

第二,他所谓“凭空污人清白”,应怎样理解?这句是对酒客的回击。从进店起,那些喝酒的人,就一直挑逗、嘲笑他。对此,孔乙己一律回绝,或极力争辩,或当即反击,如“凭空污人清白”。

第三,“窃书不能算偷……”和“读书人的事”,是什么意思?有酒客证明孔乙己,“偷了何家的书,吊着打”。他承认窃书(避讳“偷”字,改说“窃”),但否认偷东西。在他看来,书与东西不同,书是要读的;吃、穿、用的等等那些才叫东西。他以读书人自居,因此自辩道:窃书,读书,这是“读书人的事”。

2.对话孩子

小说第7段,写孔乙己与“我”对话,他的态度“很恳切”(第二情节)。恳切就是诚恳、殷切。不难体会,孔乙己说的那些话,正表现了他的诚恳与殷切。作为读书人,他关心“我”读书,想教“我”写字、认字,要“我”多学、多认,实际是诱导“我”读书,读书有用,以后当掌柜时用得上。对孔乙己的良苦用心,“我”当时不领情,态度冷淡。一个十二岁的孩子,难免受环境影响,还不能正确看待孔乙己。成年以后,“我”的看法与态度,已和过去大不相同。

孔乙己关心爱护孩子,同样表现在邻舍孩子身上。不同的是,邻舍孩子年幼,孔乙己就随手拿起茴香豆,分给他们一人一颗。小孩子还想要,他弯下腰解释,“我已经不多了”,不能再给了。他为与孩子交流而高兴,直起身说:“不多不多!多乎哉?不多也。”这是自言自语,自我欣赏。

此处所说“之乎者也”,从全篇看,是孔乙己第三次使用文言词语。前两次,出现在他与酒客纷争时。而他与“我”、与“掌柜”对谈,用的全是口语。所谓“满口之乎者也”,并非时时处处文言。

3.应答掌柜

孔乙己与掌柜,是店主与顾客关系,但掌柜鄙视、取笑孔乙己，还利用他引人发笑，活跃酒店气氛(第三情节)。孔乙己对掌柜：一是，听到“你还欠十九个钱呢”，他的神态“很颓唐”，随即表示“下回还清罢”。“很颓唐”，表明内心不安与愧疚，要做弥补。二是，掌柜取笑他“又偷了东西”，他以“不要取笑！”应对。这是回绝，是抗议，态度坚决而感情鲜明。(简短的四字句，后面是叹号“！”)三是，此时，“他的眼色，很像恳求掌柜，不要再提。”这是孔乙己濒死时，对掌柜，也是对鲁镇人表达的最后恳请：不要以嘲笑，以诅咒与作践对待我的死去。

孔乙己到酒店喝酒，受到酒客的嘲笑，掌柜的取笑，对此，他全不接受，坚决抗争。酒客与掌柜的态度，包括具体情况，有一些不同，他也有所区别。酒客的嘲笑，是群起而攻之，表现激烈，有似于热讽，孔乙己则寸步不让，以激烈对激烈。掌柜的取笑，近乎冷嘲，还有欠十九个钱的问题。孔乙己有所回应，略显差异。

4.叙述者言

孔乙己的故事是“我”叙述的。全篇文字由13个段落组成。其中主要段落，叙说故事内容(三个主要情节)，另有几段，属于叙述者的说明、补充，或叙述的过渡。具体说，前面3段，解说时间、地点，以及酒店环境、人物与气氛，等等。第9段只有一句话，具有过渡性质。重要的是第5段，这是紧承上段的补叙。

补叙的重要性在于：一方面，就上段孔乙己自称读书人，交代其早年读书，未能进学的经历，后来的生活状况；另一方面，着重评述孔乙己的坏脾气，特别是他的好品性。坏脾气是“好喝懒做”，还有“偶然做些偷窃的事”，好品性表现在，“从不拖欠；虽然间或没有现钱，暂时记在粉板上，但不出一月，定然还清，从粉板上拭去了孔乙己的名字。”这些，对于全面认识孔乙己其人，准确理解故事内容，小说的立意，都是不可忽略的。

以上，就人物之间的关系（各段落的内容），分别试予品读。合起来看，孔乙己对己，重视并保持读书人身份，在他人贬损、凌辱中极力维护自身尊严；孔乙己待人，对于酒客、掌柜等人的语言暴力、精神压迫，他是反抗者，对于幼小者，他是真诚、温和的施爱者。其品行与为人，具备读书人应有的品行，也有明显缺陷；其精神，表现出坚决的抗争精神；其情感，在冰冷的环境中，保持着爱心。

孔乙己的本真，是不是应这样认识？

三 论者眼光

《孔乙己》问世，已经一个世纪。百年以来，诸多学者、评论家，持续研究与解读这一经典，著述连篇累牍。在《孔乙己》研究进入第二个百年之际，做一点研究之研究，应是有积极意义的。鲁迅多次说到，文学研究有不同的眼光。比如对于红学，他指出：“单是命意，就因读者的眼光而有种种：经学家看见《易》，道学家看见淫，才子看见缠绵，革命家看见排满，流言家看见宫闱秘事……在我的眼下的宝玉，却看见他看见许多死亡;证成多所爱者,当大苦恼,因为世上,不幸人多。"[①]这里,他提及经学家、道学家等的眼光,而自己的眼光,却全然不同。其臧否取舍,值得体会。同样,研究《孔乙己》,也有眼光差异,下文分述愚见。

1.专注表象

一种眼光是,专注孔乙己的外观,表面。如,他怎样穿衣,如何说话,等等,并由此做出判断。多年来,论者均以"迂腐"(乃至"穷酸")作为孔乙己的性格特征,依据就是,那件又脏又破的长衫,以及"满口之乎者也"之类。"孔乙己迂腐"之论,可说是共识,频繁见于各种论著。如鲁学专著《鲁迅研究》(下称《研究》),其中《关于〈孔乙己〉的分析和研究》一文认为,穷酸、迂腐是孔乙己的性格特征,论据有,"既然穷到这个地步,就该把那件又脏又破的长衫脱下来,走进短衣帮里。可是他还舍不得脱","随口引用古书成文的描写,又进一步表现了孔乙己处处要显示自己的穷酸、迂腐的性格"。[②]等等。另一专著《鲁迅小说新论》(下称《新论》),书中论文《社会对于苦人的凉薄——论〈孔乙己〉》称,"在他(孔乙己)看来,长衫是读书人区别于'短衣帮'劳动者的一种标志……所以他固执地不肯脱下。""他讲起话来习惯于处处从古人书本中引经据典……他的话语散发着迂腐的气味。"[③]

根据穿长衫、说文言,做出论断:孔乙己迂腐(穷酸)。此论自然有道理。但这毕竟是表面现象,是一个12岁孩子("我"),最初的人物观感("我"后来对孔乙己的看法,已经有所变化)。研究者评论孔乙己,怎能仅以此为据,对典型人物的典型性,就做出结论?

2.忽略全篇

另一种眼光，是聚焦若干细节或文字，从而得出结论。有违鲁迅所言，“倘要论文，最好是顾及全篇，并且顾及作者的全人，以及他所处的社会状态，这才较为确凿”[④]。体会此“顾及全篇”的含义，是说，研究者的观点，应该依据全篇作品内容，即文中所有人物、情节或文字等，而不是相反。

试以近时论文《〈孔乙己〉细读》（下称《细读》）为例，其第一部分“咸亨酒店里的孔乙己”，在解读小说情节后，归结道：孔乙己是“自欺欺人的卑微者”，他的“人格也从自尊、自欺走向自毁”。第二部分“孔乙己的前世今生”，将《白光》和《孔乙己》两篇小说，合起来分析比较，对于《孔乙己》，提到主人公“与功名无缘”，以及“连半个秀才也捞不到”等文字、细节，结论是，两小说“否定科举的指归却无二致”，小说通过人物“告诉读者：科举‘吃人’”，两篇小说的主人公是，“千余年科举制度下无数失意读书人的典型”。[⑤]上述论断和小说中的酒客、掌柜、“我”等人物，故事的主要情节等，明显缺乏关联，其结论，不是依据全篇内容得出的，论证材料不充分。

与《细读》的观点相近，多年来诸多论者，均以“暴露科举制度罪恶”之类，作为《孔乙己》的主要命意，这种论断的得出，均非“顾及全篇”。

3.研读有误

再一种是，眼光一时“模糊”，以至于误读、误解文本。举一个明显的例子，根据孔乙己争辩语，“窃书不能算偷……”等，即下结论：孔乙己自欺欺人。（许多论著，包括《细读》在内，均认定：孔乙己特性之一，是自欺欺人。）如《新论》云：

"孔乙己偷了何家的书被吊着打……还以'窃书不能算偷'来辩解。"[6]《研究》称,"孔乙己就连偷东西也要分等级,'窃书不能算偷',读书人偷书……就不算偷"[7]。《细读》说:"他以读书人的窃书不能算是偷的辩解显得徒劳无益。"[8]所引三例,都是以"窃书不能算偷",当作孔乙己说的话,加以解读。其实原句是:"窃书不能算偷……窃书!"这"窃书不能算偷……",与"窃书不能算偷",含义不同。前句有省略("东西"),意思是,窃(偷)书不能算偷东西。截取半句话"窃书不能算偷",判定孔乙己自欺欺人,这是冤枉的。(在孔乙己的观念里,偷书与偷东西,不能相提并论。所以,酒客们说他,"又偷了人家的东西",他立即反击对方:"凭空污人清白"。)

再举一例:"(孔乙己)直起身又看一看豆,自己摇头说,'不多不多!多乎哉?不多也。'"孔乙己此处所言,是他的自说自话。而上引三论著(文),都看成对邻舍孩子说的,且据以否定孔乙己的善意。原因在于,对"自己摇头说"研读有误。所谓"自己摇头说",实系"对自己摇头说"。

4."以论带史"

在史学研究领域,有"以论带史"之法,和"论从史出"相对,两法相比,可取的应是后者。文学研究相似,常见有一些论著,取既有理念、观点、学说等,用于解读文学作品,即鲁迅指出的,"经学家看见《易》,道学家看见淫……"之类。这种"以论带史"式研究,可称视线"转移"。

仍以鲁学论文《细读》为例,其《孔乙己》"否定科举""科举'吃人'"结论,实际是依据"科举的弊端"理念对《孔乙己》审视的结果。——此文评价科举制度,先予以肯定,说它有两方面积极作用，接着批判科举弊端，列举四项，这是重点。不过，文章的结论，否定的却是科举，而不仅它的弊端，更以“吃人”概括科举制度的作用。

与《细读》“科举‘吃人’”观点相似，近年出版的《正说鲁迅》（下称《正说》），是如此论断：“孔乙己是一个被吃者，是被一整套制度……吃掉了，具体地说是被走到穷途末路的科举制度吃掉了。”“孔乙己的生与死是科举制度决定的，那么这个制度的本质已经深入孔乙己的灵魂深处，孔乙己在潜移默化中成了旧时代的殉葬品。”⑨两者差别在于，《细读》的表述，只是4个字，《正说》用了100多字；共同点是，都以“吃人”作为关键词。就方法而言，均属于“以论带史”：以学界多年来的某理念（科举毒害读书人），先入为主，导引《孔乙己》研究。

四　叙事艺术

品读《孔乙己》，在关注人物，理清人物关系时，尚须变换视角，领悟其叙事艺术，包括叙事风格、语调、手法等。这对于准确认识作品，领悟作者立意，是必不可少的。

1.叙事风格：白描而不加渲染

著名作家冯文炳，在《〈孔乙己〉讲析》中说：“在鲁迅的小说中，《孔乙己》是一个特别的类型，白描而不加渲染，因为所写的人和事本身是滑稽的，没有夸大之必要，只须恰如其分地写出来。”在比较鲁迅其他小说后，指出：“只有《孔乙己》是恰如其分的描写”，“《孔乙己》这一篇的白描是对生活的写真(作者当然有其画家的微笑与同情)，在《呐喊》与《彷徨》里有独特的风格。”[10]

冯文炳之说，确系不刊之论。比如小说开头段，以“当街一个曲尺形的大柜台，柜里面预备着热水，可以随时温酒。”写出鲁镇酒店格局。接下去，区分两类酒客：短衣帮和长衫主顾，写他们喝酒的不同花费，不同喝法等。全段几笔勾勒，不事夸张和渲染，一幅鲁镇市井风俗画，已经呈现读者眼前。画中有，酒店、柜台、喝酒的酒客(或站或坐)，以及酒缸、酒碗、茴香豆、盐煮笋，等等。

白描体现于语言，是平实直白，简洁蕴藉。“只有孔乙己到店，才可以笑几声，所以至今还记得。”在描摹酒店环境、人物等之后，以此句引出孔乙己。“笑几声”三字，既开启对笑的描写，又预示“我”的笑，与酒客的嘲笑、众人的哄笑、掌柜的取笑等，均有所区别。“孔乙己是站着喝酒而穿长衫的唯一的人。”用一句话，17个字，揭示出人物的特异性，以及他在酒店的处境，且提纲挈领，引起下文的叙述：孔乙己的遭际，人物的纷争，纠葛，种种情节和事件。《孔乙己》语言之凝练，全文皆然。

2.叙事语调：从容不迫、感情内敛

鲁迅弟子孙伏园曾转述《孔乙己》作者的主要用意，“是在描写一般社会对于苦人的凉薄”，又称：“对于苦人是同情，对于社会是不满，作者本蕴蓄着极丰实的情感”，但其描写，却是“从容不迫”[11]。

所谓从容不迫，是说，以平静淡然的语调，叙述人物故事，不动声色，感情内敛。比如，叙述第一个情节（酒客戏要、嘲笑孔乙己），小说以两个场面，几个回合，述说酒客接连挑逗，步步紧逼，而孔乙己毫不退让，频频接招，却穷于应对，两次都用之乎者也，勉力争辩，结束两场纷争。在争斗中，场面紧绷，情绪激烈，双方均不示弱，而叙述者隐身局外（未出现“我”字），仅限于观察和叙说，没有表态，没有评判。

小说最后，通过“我”的注视，叙述孔乙己的凄惨结局，即丁举人的残暴罪行。相关文字是，“站起来向外一望，那孔乙己便在柜台下对了门槛坐着。他脸上黑而且瘦，已经不成样子；穿一件破夹袄，盘着两腿，下面垫一个蒲包，用草绳在肩上挂住”；“他从破衣袋里摸出四文大钱，放在我手里，见他满手是泥，原来他便用这手走来的”，等等。其中，虽然出现6个“我”字，但“我”只是观察者、记述者，没有流露感情，表示好恶。被害者的凄惨命运，权力者的凶狠残暴，均在无言中呈现出来，一切留给读者去体会与思考。

3.叙事手法：抑扬兼用、抑中有扬

《孔乙己》的叙事，采用了抑扬褒贬法。具体说是，先抑后扬、明抑暗扬、抑中有扬等。

先抑后扬。小说开始叙说孔乙己，就是贬抑：以“我”的第一印象，从喝酒姿势、外貌、说话等，描述他的另类，怪异，甚至荒唐，给读者以人品欠缺的感觉。接下去，叙述酒客与孔乙己的第一场争斗，依然是贬抑：孔乙己受伤挨打，偷书，被众人看笑话……读者至此的感知是，此人确实低劣。但实际并非如此，因而叙述者随即褒扬，予以纠正。在接下来的补叙中，说明孔乙己的偷窃，只是不得已偶尔为之，并从正面称赞孔乙己他在店里，品行比别人都好。

明抑暗扬。在咸亨酒店，固然所有的酒客，连同掌柜，都要把孔乙己踩在脚下，受此影响，小伙计“我”对孔乙己也持冷淡及排斥态度。小说中的二人对话，“我”所说“谁要你教”，所想“讨饭一样的人”等，全是对孔乙己的贬抑。但这是表面文章，主导对话的是孔乙己，他有一连串的话语，还有表情、动作的前后变化，这些显示出来的，是真诚爱心，拳拳善意。以“我”的冷淡，反衬孔乙己的热诚。这场对话，实为对孔乙己的褒扬，明抑暗扬。

抑中见扬。“描写一般社会对于苦人的凉薄”，既为小说立意，全篇自然以凉薄气氛笼罩。凉薄就是贬抑，全篇皆为贬抑。但饱受凉薄(贬抑)的，并非愚顽低劣之辈，而是善良的读书人，虽然穷愁潦倒，却依然保持读书人的品行。小说的叙事，在表现众人种种凉薄行为中，同时显示孔乙己，极力维护自身尊严，奋力反抗，且不失赤子之心。这就是抑中见扬。

以上试谈《孔乙己》叙事艺术，即其叙事风格、叙事语调和手法等，愚以为并不多余。既往论者对孔乙己其人，过于诟病与否定，这与对叙事艺术研究不足，应该存在一定关联。

注释：

①鲁迅：《〈绛洞花主〉小引》，《鲁迅全集》(第8卷)，人民文学出版社，1981年版，第145页。

②林志浩:《鲁迅研究》(下册), 中国人民大学出版社,1988年版,第122、125页。
③范伯群、曾华鹏:《鲁迅小说新论》,人民文学出版社,1986年版,第31页。
④鲁迅:《"题未定"草(六至九)》,《鲁迅全集》第6卷,人民文学出版社,1981年版,第430页。
⑤张中良:《〈孔乙己〉细读》,《鲁迅研究月刊》2016年第9期。
⑥范伯群、曾华鹏:《鲁迅小说新论》,人民文学出版社,1986年版,第41页。
⑦林志浩:《鲁迅研究》(下册), 中国人民大学出版社,1988年版,第123页。
⑧张中良:《〈孔乙己〉细读》,《鲁迅研究月刊》2016年第9期。
⑨孔庆东:《正说鲁迅》,重庆出版社,2008年版,第100、101页。
⑩冯文炳:《〈孔乙己〉讲析》,《吉林大学社会科学学报》1982年第12期。
⑪孙伏园、孙福熙:《孙氏兄弟谈鲁迅》, 新星出版社,2006年版,第173页。

孔乙己典型论

——《孔乙己》问世百年

《孔乙己》问世，已达一世纪。说不尽的经典，说不尽的孔乙己，历久弥新，永不过时。在百年之后重读《孔乙己》，对主人公的典型形象，对小伙计、酒客、掌柜等人物的作用，乃至小说的情节、文字，等等，仍可有所发现，获得不同既往的认识。本文依据鲁迅自述，慢读细品这一经典，对文学典型孔乙己，试予解读与论析，写出自己新的理解。

一　典型的诞生

文学人物孔乙己，是鲁迅于五四前夕，继“狂人”之后创造的又一典型。与《狂人日记》相同，《孔乙己》的创作，也是有生活依据的。鲁迅指出，“作家写出创作来，对于其中的事情，虽然不必亲历过，最好是经历过。”他解释道：“我所谓经历，是所遇，所见，所闻，并不一定是所作……天才们无论怎样说大话，归根结蒂，还是不能凭空创造。”[①]诚然，《孔乙己》并非凭空创造，是鲁迅根据所遇、所见、所闻，精心创作而成。典型的诞生，源于生活，源于经历，但不是生活的实录，经历的记述，而是作家对现实生活、亲身经历等进行的艺术创造，即典型化而来。

1933年春，上海天马书店的编辑，为出版《创作的经验》，向鲁迅征稿。鲁迅应征，谈自己是怎么写小说的："所写的事迹，大抵有一点见过或听到过的缘由，但决不全用这事实，只是采取一端，加以改造，或生发开去，到足以几乎完全发表我的意思为止。人物的模特儿也一样，没有专用过一个人，往往嘴在浙江，脸在北京，衣服在山西，是一个拼凑起来的脚色。”[②]这里说的，就是人物创造的典型化问题。所谓典型化，表现在人物、环境、情节(细节)等几个方面。文学典型孔乙己的诞生，即为范例。试略述之。

人物的典型化。关于孔乙己，周氏三兄弟均有回忆，说及他的原型。“据鲁迅先生自己告我，(孔乙己)也实有其人，此人姓孟，常在咸亨酒店喝酒，人们都叫他‘孟夫子’，其行径与《孔乙己》中所描写的差不多。”[③]“他本来姓孟，大家叫他作孟夫子，他的本名因此失传。”[④]小说中的掌柜，也是有生活原型的。周作人记述："咸亨酒店的老板之一是鲁迅的远房本家，是一个秀才，他的父亲是举人，哥哥则只是童生而已。”[⑤]但这孟夫子和本家，并不就是孔乙己和掌柜，只是其生活本源；他们在小说中，已经被改造，经拼凑，成为作品中的典型人物和文学形象。小说的其他人物，如，小伙计“我”，喝酒的人，邻舍孩子等，则为虚构。以上所有人物，共同属于作者“生发开去，到足以几乎完全发表我的意思为止”,而进行的艺术创造。

环境的典型化。典型人物,离不开典型环境。所谓环境,包括大环境和小环境,即时间环境和空间环境。对孔乙己的生活时代,小说没有明说,但有显示,如:读书和进学,秀才与举人;从四文铜钱买一碗酒,涨到十文买一碗;孔乙己看重科举,却是原来读过书,而连半个秀才也捞不到,他并未迷恋举业,一考再考,推知其原因是,科考已废止,没有机会了,等等。这些表明,孔乙己身处清末民初,社会停滞,经济萧条,即前现代时期。关于鲁镇,据孙伏园说,它是作者的父系故乡(绍兴城内都昌坊口),和母系故乡(绍兴东皋乡安桥头)的混合体;咸亨酒店,也确曾存在于都昌坊口。[6]从文本开头写到的酒店布局、喝酒习俗,以及全篇人物关系、人情世故等,可以看出,故事发生在清朝末年的一处闭塞的浙东乡村。这就是典型人物孔乙己,存在与生活的典型环境:地方封闭保守,冰冷严酷,人们浑浑噩噩,百无聊赖。

情节(细节)的典型化。据周作人忆述,“在小时候几乎每日都去咸亨,闲立呆看”[7]。如此,周氏兄弟几人,自当看到店中许多人,许多事。这些人和事,经作者改造和生发,演绎为:孔乙己、酒客、掌柜、小伙计、邻舍孩子等人物;其间的交集、纷争、矛盾、纠葛。孔乙己偷书一事,源自孟夫子。情况是,孟夫子此人,常去周氏本家玉田公公(秀才出身)的大书房里凑热闹,看下棋,看读书。“有时也顺手拿一部书出去,被玉田公公碰见,问他为什么偷书,他总是回答:‘窃书不算偷。’玉田公公把书拿回,也就让他走了。”[8]这件事,被作者写进小说，改造、生发为重要情节，一再出现，且改造为，先是被何家吊着打，后被丁举人打折了腿。作者如此处理，自然是“发表我的意思”之需。

经由上述人物、环境、情节三方面的改造与生发——艺术处理，也就是典型化，于是，文学典型孔乙己就此诞生。

二　典型的蕴含

文学形象孔乙己，是一个复杂多面、蕴含丰富的人物，不可简单化解读。具体说来，他是由苦人、读书人、抗争者、爱心老人等多重身份与性质，精心构成的文学典型。

苦人

孔乙己首先是苦人，此系作者对人物的角色定位，所据为孙伏园的追记：“我简括地叙述一点作者当年告诉我的意见。《孔乙己》作者的主要用意，是在描写一般社会对于苦人的凉薄。”[9]由此，孔乙己系苦人之说，应无异议。

验之以小说文本，孔乙己确为苦人，其苦表现于生活、感情、精神、躯体等各方面。生活苦，指经济生活（物质生活）的贫穷、困窘。比如，他很看重长衫，却只有一件，又脏又破，没有可换洗的。感情苦，就是孤独。孔乙己一人为家，活到50来岁，无妻室儿女，也没有别的亲人。在家，茕茕孑立，形影相吊；在外，熟人朋友早已不相往来，没人愿意和他谈天。但作者的旨意，不在表现这两种苦，而在于描写孔乙己的精神苦、躯体苦，尤其精神之苦。

孔乙己的精神苦，即凉薄苦，社会凉薄带来的精神痛苦。所谓“一般社会”，在小说中，就是经常光顾的酒店（扩而大之为鲁镇），就是那些喝酒的人，还有掌柜、伙计，以及酒店内外的鲁镇人。形形色色的人物，共同施加凉薄于孔乙己，使他喝酒也不得安宁，异常痛苦。他们人多势众，施加凉薄的方式各有不同。喝酒的人（酒客），分为短衣帮（做工的人）和长衫主顾（不做工而有钱、有闲的人）两类，虽然身份相异，以凉薄对待孔乙己，却完全一致，彼此配合。——这里插说两句：根据诸多学者的论断，只有酒客中的短衣帮，对孔乙己凉薄，排除掉长衫主顾。可文本说的是：“所有喝酒的人便都看着他笑”，并无区分。酒客的凉薄，是挑逗、戏耍、嘲弄，拿他穷开心，从其痛苦获得短暂的轻松与快乐。掌柜的凉薄是取笑，是借由孔乙己“引人发笑”。鲁镇人的凉薄，是依从酒客：“众人都哄笑起来：店内外充满了快活的空气”；是跟随掌柜：“此时已经聚集了几个人，便和掌柜都笑了”。

孔乙己的躯体苦，指人身伤害与摧残。相比于精神痛苦，造成其躯体苦者，人数不多，是那些有权有势的人，小说写到的，有何家、丁举人等，但后果十分严重，危及人身安全与生命。何家、丁举人之流，因自家的书，或者什么东西，被孔乙己“窃”或偷，就吊起来毒打他，乃至“先写服辩，后来是打，打了大半夜，再打折了腿”。以此惩罚并警戒，显示其权势和威严，丝毫不容侵犯。在孔乙己，躯体之苦表现是，“皱纹间时常夹些伤痕”“脸上又添上新伤疤”，以及“满手是泥……用这手走来”，又“坐着用这手慢慢走去”，等等。

作者给孔乙己定位，为什么是苦人？这取决于作者的创作思想："我的取材，多采自病态社会的不幸的人们中，意思是在揭出病苦，引起疗救的注意。"[10]所谓不幸的人们，是苦人的换一种表述法。鲁迅为揭出社会病苦，在小说中塑造了许多苦人形象，构成苦人系列，如阿Q、祥林嫂、闰土等；孔乙己是这一系列的第一人。

读书人

读书人（苦人中的读书人），是孔乙己的社会身份，也是他的自我认定。鲁迅笔下苦人，多种多样，身份有别。孔乙己和阿Q、祥林嫂、闰土等农人村妇不同，他是能识文断字，受过教育的读书人。在与酒客争斗中，他说，"读书人的事"如何如何，就是显示自己的身份，要和酒店中其他人严格区分开来。在别人心目中，孔乙己也确系读书人。12岁进酒店做伙计的"我"，一开始就注意到，孔乙己穿的是长衫，对人说话，总是满口之乎者也，教人半懂不懂的，等等：分明是一个读书人。酒客问他："你当真认识字么？""你怎的连半个秀才也捞不到呢？"正是拿他是读书人的身份挑逗、嘲笑他。意思是，连半个秀才也捞不到，你这个读书人不值钱，没有用，废物一个。但孔乙己不这样看：

> 有一回对我说道，"你读过书么？"我略略点一点头。他说，"读过书，……我便考你一考。茴香豆的茴字，怎样写的？"我想，讨饭一样的人，也配考我么？便回过脸去，不再理会。孔乙己等了许久，很恳切的说道，"不能写罢？……我教给你，记着！这些字应该记着。将来做

掌柜的时候，写账要用。”我暗想我和掌柜的等级还很远呢，而且我们掌柜也从不将茴香豆上账；又好笑，又不耐烦，懒懒的答他道，“谁要你教，不是草头底下一个来回的回字么？”孔乙己显出极高兴的样子，将两个指头的长指甲敲着柜台，点头说，“对呀对呀！……回字有四样写法，你知道么？”我愈不耐烦了，努着嘴走远。孔乙己刚用指甲蘸了酒，想在柜上写字，见我毫不热心，便又叹一口气，显出极惋惜的样子。

这段和“我”的对话，体现了孔乙己对读书、读书人，以及自己作为读书人，所持的态度与看法。品味他说的几句话，各有含意：1.读书是人生大事，从小就要读书。他与12岁的“我”搭话，为什么第一句就问：“你读过书么？”原因是，对孩子来说，第一件事就是读书，受教育。2.读书要会用。第二句问：“茴香豆的茴字，怎样写的？”是说，既然读过书，就要学会用。比如，眼前这茴香豆的“茴”字，你会写吗？3.要多读书，读书长久有用。第三句说，“这些字应该记着。将来做掌柜的时候，写账要用。”是告诉“我”：其一，应该学的、记的，还有很多，不止“茴”字；其二，读书有作用，不读书，你将来如果当掌柜，就不会记账。4.进一步叮嘱：要多读、多学。第四问：“回字有四样写法，你知道么？”这是随口举例，由“茴”说到“回”，鼓励多学，增加知识。5.读书有意义，读书人有价值，除自己应试进学外，还可在日常应用，教人识字，学文化，于社会有益。这正是他的自我评价。以上看似随口说的话，却道出了孔乙己的读书观，包括对读书人的看法，可称劝学篇，促读章。

关于孔乙己的社会身份，值得讨论的问题是：孔乙己能不能定性为知识分子？对于这一文学典型，一些学者称之为：清朝末年的下层知识分子，或穷苦的知识分子，或地主阶级知识分子，等等。可商榷者，一则，读书人与知识分子，是两个概念，内涵不同，外延相异。知识分子一词及其理念，是五四以后才从国外引进的，在孔乙己时代，没有这种理念和说法，不存在知识分子（只有读书人，或称文人、士子等）。孔乙己自视，或别人看他，都是读书人，而非知识分子。二则，作者塑造的孔乙己，是旧时代的读书人，不是现代知识分子。在写作《孔乙己》时，知识分子这一概念与理论，鲁迅还没有接受。他于 1927 年所做演讲《关于知识阶级》说及，"'知识阶级'一辞是爱罗先珂（V.Eroshenko）七八年前讲演《知识阶级及其使命》时提出的"[11]。以后，鲁迅接受并使用这一概念。可见，以知识分子定性孔乙己，欠严谨，不准确。

抗争者

孔乙己是抗争者，指的是在社会纷扰和斗争中，孔乙己所取态度，所持立场。具体说就是，面临来自一般社会的凉薄，即酒客、掌柜等的挑逗、戏弄、嘲笑、取笑等，他如何应对？

对待酒客的凉薄，孔乙己是抗拒、反击，决不退让隐忍，态度异常鲜明，但应对方式有所变化。两者的纷争，文中写了两场。以第一场为例：

孔乙己一到店，所有喝酒的人便都看着他笑，有的叫道，“孔乙己，你脸上又添上新伤疤了！”他不回答，对柜里说，“温两碗酒，要一碟茴香豆。”便排出九文大钱。他们又故意的高声嚷道，“你一定又偷了人家的东西了！”孔乙己睁大眼睛说，“你怎么这样凭空污人清白……”“什么清白？我前天亲眼见你偷了何家的书，吊着打。”孔乙己便涨红了脸，额上的青筋条条绽出，争辩道，“窃书不能算偷……窃书！……读书人的事，能算偷么？”接连便是难懂的话，什么“君子固穷”，什么“者乎”之类，引得众人都哄笑起来：店内外充满了快活的空气。

从这场纷争，看孔乙己态度：一是置之不理——某酒客先挑逗：“孔乙己，你脸上又添上新伤疤了！”孔乙己毫不理睬，径直付钱，买酒要菜。二是即刻反击——众酒客齐出动，“他们又故意的高声嚷道，‘你一定又偷了人家的东西了！’”他以攻为守，回之以：“睁大眼睛说，‘你怎么这样凭空污人清白……’”三是激烈争辩——有一个酒客证实，他偷了何家的书，被吊着打。他的对应是：“窃书不能算偷……窃书！……读书人的事，能算偷么？”既辩明偷（改为“窃”）书，不算（不等同于）偷东西，又申说读书人的爱好，就在于书。四是封对方之口——用“君子固穷”“者乎”等难懂文言，让酒客接不上话，终止纷争，最后以哄笑，“店内外充满了快活的空气”收场。不难看出，在交锋中，酒客们步步紧逼，孔乙己毫不退缩，坚决抗争。

在纷争的第二场，对待酒客的挑逗和嘲笑，孔乙己不屑置辩，以无言对抗。他对待掌柜的取笑，是立即否定与拒绝，斥以“不要取笑！”相关过程与细节，不再具体引述。

要思考的是：“所有喝酒的人”和孔乙己，同为酒店顾客，而相煎何急？为什么不能结为酒友，和谐共饮？或者，各喝各的，互不干扰。再就是，孔乙己系酒店老顾客，而且品行比别人都好，掌柜为什么也鄙视、取笑他？被动一方呢，就孔乙己而言，他为什么不采取“我行我素，笑骂由之”的态度，不和“混蛋”争高下？也就是，不和他们“一般见识”？

个中缘由，应从人性角度探求。酒客、掌柜对待孔乙己，实际是欺软怕硬，恃强凌弱，即鲁迅指出的卑怯：“可惜中国人但对于羊显凶兽相，而对于凶兽则显羊相，所以即使显着凶兽相，也还是卑怯的国民。”作为受过教育的读书人，孔乙己不认同，乃至抗拒这种卑怯，他正如鲁迅主张的：“对手如凶兽时就如凶兽，对手如羊时就如羊！”[12]同时，这种抗争，也是对读书人尊严的维护。

关于孔乙己与酒客、掌柜等的纷争，以及他的抗拒，历来《孔乙己》研究者，或者不关注、不涉及，选择忽略，似乎有关内容和情节，无关紧要；或者虽有论述，但对孔乙己的态度与表现，做否定评价，认为他谈不上反抗，或者说他，只有恳求，没有抗议。如此持论，很值得辨析。孔乙己与其他人物的关系，是小说的重要内容，是表现主旨的情节依据。酒客、掌柜等人的凉薄，孔乙己的抗争，更是小说的主要情节。无视或忽略这些情节，怎能对小说内容、作者主旨，获得正确认知？至于说孔乙己没有抗议，谈不上反抗，云云，这应是误读或曲解文本所致。他还击酒客，“你怎么这样凭空污人清白”？指斥掌柜“不要取笑！”——不是反抗与抗议吗？

爱心老人

爱心老人，体现于孔乙己与孩子的关系。幼小者，属社会弱势群体。面对孩子，孔乙己态度温和而富有爱心，确如鲁迅说的："对手如羊时就如羊！"孔乙己眼前的孩子，店内，有一个12岁的伙计"我"；店外，有一群邻舍孩子。与此相应，孔乙己的爱心，分为两种情况：少年之爱，幼儿之爱，表现各有不同。

少年之爱，显示于"有一回"对话中（见上面"读书人"一节所引原文），其特点是：珍贵，理性，热诚，有耐心。1.珍贵。酒店是一个凉薄世界，寒气逼人，没有一丝暖意；对小伙计来说，掌柜是一副凶脸孔，主顾没有好声气，生活枯寂而冰冷——是孔乙己的温情，稍稍改变一点酒店气氛，给孩子一点温暖，因而这温情与爱心，益显珍贵。2.理性。孔乙己对话12岁的"我"，不问姓氏年岁，家在何方，父母怎样等日常话题，并以此为谈话中心，而是单刀直入问读书。这与酒店里的温酒、喝酒诸事，一点关系也没有。不说别的，只谈读书（学习，受教育，这关乎"我"的终生）。这是爱在根本，不在细枝末节。3.热诚。一句"很恳切的说道……"以"很恳切"，点明孔乙己的热诚。从"你读过书么？"问起，最后问道："回字有四样写法，你知道么？"他提问、发话四五次，接连说了许多，却没有发觉对方反应冷淡，全无兴趣。主动一方的热心与真诚，显现于对比之中。4.有耐心。孔乙己的谈话，极具启发性、鼓励性，如："怎样写的？""不能写罢？""对呀对呀！"等等。在谈话中，有几次停顿与暂歇（有省略号表示），是等待对方思考与回答。可知孔乙己既热诚，同时兼具耐心。

幼儿之爱，表现于文本下一情节：

> 有几回，邻舍孩子听得笑声，也赶热闹，围住了孔乙己。他便给他们茴香豆吃，一人一颗。孩子吃完豆，仍然不散，眼睛都望着碟子。孔乙己着了慌，伸开五指将碟子罩住，弯腰下去说道，“不多了，我已经不多了。”直起身又看一看豆，自己摇头说，“不多不多！多乎哉？不多也。”于是这一群孩子都在笑声里走散了。

邻舍孩子是“这一群”，三五成群，是几个天真、爱玩的幼小儿童，他们受哄笑声吸引，赶来看热闹，把孔乙己围住。孔乙己对待这些小孩子，可以有几种选择，而他，一不是驱赶，二不是置之不理，反而因孩子而开心，施之以爱：立即以已经不多的茴香豆，分给孩子吃。孩子们一人仅一颗，还想要。是责怪孩子贪吃，还是不再理会？都不是。只见孔乙已弯下腰去，向孩子们解释：“我已经不多了”，就是不能再给了。以此亲切姿态，委婉话语，说明不再给的原因，表明如果多，可以再分给你们。接着，他因与小孩子的交流，而自感愉悦，看着减少的茴香豆，自我调侃：“不多不多！多乎哉？不多也。”——孔乙己对幼儿的爱，切合孩子的年龄、心理特征（没有对他们讲道理），态度更加和善慈祥。这样的事一再发生（“有几回”），他依然不厌不烦，爱心如初。

关于孔乙己的爱心，值得思考两个“为什么”：为什么孔乙己穷困潦倒，备受凉薄，可爱心不减？与此关联，作者为什么要描写孔乙己的爱心？可供参考的回答是：孔乙己作为读书人，他秉承传统美德，践行“幼吾幼以及人之幼”古训，虽身处逆境，备受欺辱，但没有忘记读书人的本性；小说表现孔乙己的爱心，使人物形象更丰满，加深了作品的思想意义。

对学界的相关论述，在此举两点质疑。其一：是善良还是爱心？既往解读孔乙己与孩子的关系，以及给茴香豆吃的行为，多评价为性格善良。这不确切，欠精准，因为所谓善良，对象不明确，含义过于宽泛，恰切的表述应是爱心，对幼小者的爱心。其二：是炫耀还是误读？对孔乙己自己摇头说的：“不多不多！多乎哉？不多也。”一些论者解读为，这是他对孩子卖弄，炫耀。此论实系误读文本：把孔乙己的自说自话，误解为对孩子说的；忽略了“自己摇头说”，乃“对自己摇头说”之谓也。

“优缺点”

优缺点，或者成绩与不足（存在问题），常见于个人鉴定，或单位工作总结。移用于文学典型孔乙己，是说他的长处与性格缺陷。孔乙己的性格与为人，具有积极、消极两方面。其积极一面，已在上文阐述过，是对读书人本性的坚守，对社会凉薄的抗拒，对幼小者的温和与关爱等。此外，还见于叙述人的补叙（包含其性格的消极面）：

> 听人家背地里谈论，孔乙己原来也读过书，但终于没有进学，又不会营生；于是愈过愈穷，弄到将要讨饭了。幸而写得一笔好字，便替人家钞钞书，换一碗饭吃。可惜他又有一样坏脾气，便是好喝懒做。坐不到几天，便连人和书籍纸张笔砚，一齐失踪。如是几次，叫他抄

书的人也没有了。孔乙己没有法，便免不了偶然做些偷窃的事。但他在我们店里，品行却比别人都好，就是从不拖欠；虽然间或没有现钱，暂时记在粉板上，但不出一月，定然还清，从粉板上拭去了孔乙己的名字。

这段补叙的后一句，说，“他在我们店里，品行却比别人都好”云云，就是叙述者的积极评价，具体指的是“从不拖欠”，表现为，“虽然间或没有现钱，暂时记在粉板上，但不出一月，定然还清，从粉板上拭去了孔乙己的名字。”这些显示出的是诚信品质。诚实守信，是孔乙己的美好品格，这和他坚守的“君子固穷”有关联。他谨记孔子教诲：“人而无信，不知其可。”不忘践行传统美德。对此，确应给予正面评价。

以上是他的优点(长处)。叙述者更多说的，是孔乙己的性格弱点。含三项：不会营生，好喝懒做，偶然做些偷窃的事。

不会营生，是读书人的通病，孔乙己不会例外。“原来也读过书，但终于没有进学”，在没有进学以后，他为什么不谋求一种职业，以解决生计问题？鲁迅说：“学做幕友或商人，——这是我乡衰落了的读书人家子弟所常走的两条路。”[13]周作人的说法是，科举正路之外的岔路，有做塾师，做医师，学幕，学生意等。[14]孔乙己为什么不选择其中一种？若探求原因，在缺本钱、无人荐举等可能性之外，还有性格、观念等因素，如，“万事不求人”，甘做散淡的读书人之类。文本只点出不会营生，是显示他因穷困潦倒，而沦落为苦人，以致备受凉薄，却无意写明孔乙己不会营生的原因。

好喝懒做，这也是读书人的臭毛病，尤其懒做，即会说不会做，动口不动手。值得研究的是好喝。孔乙己生活在酒乡（绍兴出名酒，如加饭酒、女儿红等），他依乡随俗而爱喝，此为一；自古文人喜酒，嗜酒，孔乙己未能免俗，此为二。重要意义在于，他好喝而有节制（受缺钱限制），平常就是两碗酒，一碟茴香豆；他以酒为友，为乐，为生活享受。从小说艺术构思看，因为好喝，才常来酒店，也才有那些纷争，那些故事。

偶然做些偷窃的事，重点在"偶然"二字。偶然，就不是喜好，不是惯犯；偷窃有损读书人品格，但不很严重，无伤根本。文本写偷窃事例三次，两次明写是偷书，一次是偷东西（这次是不是书，没写明）。又以孔乙己自辩："窃书不能算偷……"，区分窃书不算偷东西，把书排除在东西之外，表明孔乙己看重书，看重读书，看重读书人。他偶然偷窃，是其备受凉薄的主要口实。这样写，均系构思之需。

以上，分述孔乙己这一典型蕴含的多方面身份与性质。接着似应予以综述：孔乙己，旧时代的苦人，潦倒的读书人，虽饱受社会凉薄，沾染文人恶习，却能对抗社会歧视，守护良好品行，保持真诚与爱心，实属难能可贵。作者精心塑造这一文学典型，借以表现对社会，对人性的关注与深思。

三　典型的意义

孔乙己典型的意义，可从不同角度评述。下面略陈浅见。

1.一面社会人生的借镜

阅读经典著作,因学识、眼光等的不同,而存在认知差异。就《孔乙己》而言,一般人(粗读者)看后,也许留下如此印象:老早以前的故事,微不足道的文人,穷愁落拓,迂腐可笑……有教养、肯思考的读者,就会视为借镜,从旧时看今日,有所领悟,受到启迪。所悟与所启,不尽相同。比如——

历经坎坷,遭际不顺者,可能在镜中,认出本人的模糊身影,而感慨丛生:孔乙己潦倒终生,饱受世人凉薄,一肚子学问(知道“回”字有四种写法),却无处施展,就连想教小孩子写字,都被回绝。这不就是自己吗?处处碰壁,时时受压,空怀鸿鹄志,报国却无门,甚至养家糊口,也成问题。命途多舛,时运不济,胳膊拧不过大腿,徒唤奈何。这就是人生?

关注历史,研究政治者,从镜中看到现实:“一般社会对于苦人的凉薄”,今时是否存在?知识者中有没有苦人?受不受凉薄?有头脑的,自会得出结论。

对社会、人性问题有兴趣者,可能以孔乙己为镜,得出结论:孔乙己的种种遭遇,实为社会与人性问题。鲁迅致力于研究和改善国民性这一大事,在百年后的今天,远未根本解决,现状依然堪忧。看舆论导向,多年来,讲文明树新风,宣讲光荣与耻辱,弘扬社会价值,就因为,有所欠缺,存在严重不足。所谓“江山易改,本性难移”,要改善中国国民性,摒弃民族劣根性,任重而道远,须坚持不懈,长久努力。

2.一颗光耀苍穹的新星

孔乙己典型的塑造,其艺术之精湛,手法之纯熟,堪称小说楷模。鲁迅自述其作品(包括《孔乙己》),曾说及“表现的深切和格式的特别”[15]。这评语是很确当的。如细化这一评语,或可以“精、深、淡、巧”四字,解读孔乙己典型的塑造艺术。

精:如人物,仅个体三人(孔乙己、掌柜、小伙计“我”),群体三个(酒客多人、邻舍孩子三五个,掌柜取笑时聚集的“几个人”),即显示出一般社会对读书人的凉薄。如语言,以2500余字的篇幅,表现了孔乙己的一生。“站着喝酒而穿长衫的唯一的人”,13字,写出人物的身份、处境……

深:开掘深,即“表现的深切”。国民性问题,关系中国人及中华民族的根本,这是一个超越时代,超越制度的深层次主题。(国民性的产生与存在,历史久远,不限一时代、一制度。)孔乙己及其遭遇,既表现了国民性的消极方面,也包含了积极方面。

淡:色彩淡,感情、态度淡。“对于苦人是同情,对于社会是不满,作者本蕴蓄着极丰实的情感。”却显现为,“作者态度的‘从容不迫’”[16]。在淡然、平静的语调中,蕴藏着热烈、深厚的感情。

巧:叙述方式与人称“巧”。文本中的“我”,实系两个。12岁的小伙计“我”,与孔乙己同在酒店,观察、关注孔乙己的行止、语言,亲见众人对他的凉薄;20多年后的“我”,追述当年故事,既有再现原来场景,人物纠葛,又有事后反思,评述更客观、可信。

文学典型孔乙己,创作于“狂人”之后,两相比较,孔乙己具有原创性、独特性。(鲁迅自评:“《狂人日记》很幼稚,而且太逼促,照艺术上说,是不应该的。”[17]又曾提及,1834年,俄国的果戈理就已经写了《狂人日记》;自己的《狂人日记》是后起的,以后“脱离了外国作家的影响”[18]。)在鲁迅小说原创人物系列,苦人系列,读书人(知识者)系列,包括典型系列中,孔乙己均属“第一”,首见。

从新文学的历史看,鲁迅是中国现代小说的开创大师,其作品“显示了‘文学革命’的实绩”[19]。孔乙己的上述几个“第一”,也是中国现代小说,乃至中国文学的多个“第一”。

百年之后品经典,到此打住。且以此语终篇——

孔乙己,一颗光耀苍穹的文学新星。

注释:

①鲁迅:《叶紫作〈丰收〉序》,《鲁迅全集》第6卷,人民文学出版社,1981年版,第219页。

②鲁迅:《我怎么做起小说来》,《鲁迅全集》第4卷,人民文学出版社,1981年版,第513页。

③孙伏园、孙福熙:《孙氏兄弟谈鲁迅》,新星出版社,2006年版,第172页。

④周作人:《鲁迅小说里的人物》,人民文学出版社,1981年版,第8页。

⑤周作人:《鲁迅的故家》,人民文学出版社,1981年版,第130页。

⑥参看孙伏园、孙福熙:《孙氏兄弟谈鲁迅》,新星出版社,2006

年版,第 172 页。

⑦周作人:《鲁迅小说里的人物》,人民文学出版社,1981 年版,第 10 页。

⑧周建人口述、周晔编写:《鲁迅故家的败落》,湖南人民出版社,1984 年版,第 20 页。

⑨孙伏园、孙福熙:《孙氏兄弟谈鲁迅》,新星出版社,2006 年版,第 172-173 页。

⑩鲁迅:《我怎么做起小说来》,《鲁迅全集》第 4 卷,人民文学出版社,1981 年版,第 512 页。

⑪鲁迅:《关于知识阶级》,《鲁迅全集》第 8 卷,人民文学出版社,1981 年版,第 187 页。

⑫鲁迅:《忽然想到·七》,《鲁迅全集》第 3 卷,人民文学出版社,1981 年版,第 61 页。

⑬鲁迅:《鲁迅自传》,《鲁迅全集》第 8 卷,人民文学出版社,1981 年版,第 304 页。

⑭参看周作人《知堂回想录》,三育图书有限公司(香港),1980 年版,第 52 页。

⑮鲁迅:《〈中国新文学大系〉小说二集序》,《鲁迅全集》第 6 卷,人民文学出版社,1981 年版,第 238 页。

⑯参看孙伏园、孙福熙:《孙氏兄弟谈鲁迅》,新星出版社,2006 年版,第 172 页。

⑰鲁迅:《致傅斯年》,《鲁迅书信集》上卷,人民文学出版社,1976 年版,第 24 页。

⑱⑲鲁迅:《〈中国新文学大系〉小说二集序》,《鲁迅全集》第 6 卷,人民文学出版社,1981 年版,第 239、238 页。

“我”是谁

——再谈《孔乙己》的主要人物“我”

《孔乙己》是描写故事的小说，主人公孔乙己的故事，由“我”出面叙说（即第一人称写法）。在小说中，孔乙己为中心人物，“我”是主要人物，其他人物，如掌柜、喝酒的人（短衣帮和长衫主顾）、邻舍孩子等，均居于次要地位。关于“我”，近时似乎引起论者兴趣，在2018年的下半年中，接连读到两篇新论，或对“我”有所论析，或论及“我”，前者名《〈孔乙己〉细读及“我”之论析》[①]（下称《论析》），后者为《论〈孔乙己〉与“纯粹教育”——〈呐喊〉重读》[②]（下称《重读》）。两者都问道：“我”是谁？看来，这是一个很有意思的问题。拙文特借用为题目，并提供一份答卷，参与讨论，也作为前次拙写《“没有吃过人的孩子”小伙计——100年后重读〈孔乙己〉》[③]（下称《小伙计》）的续篇。

一 “我”是谁，叙述者是谁

关于《孔乙己》中的“我”，有两个值得讨论的问题。

第一个问题，即上举两新论之问：“我”是谁？对此两者都有答案。《重读》直接回答道：“显然，小说中的‘我’不是鲁迅（作者）。‘我’是咸亨酒店的伙计。”《论析》的论析结论是，《孔乙己》中的“我”，与鲁迅多篇小说（如《阿Q正传》，乃至《祝福》等篇）中的“我”，“可视为同一类型的‘独异个人’”，而“‘我’作为‘独异个人’是一个人生意义的反思者与寻找者”。愚见与两新论不同：对《孔乙己》之“我”，应根据其身份（在酒店的身份）、作用（在文本中的作用）之异，细予区分，即，小伙计“我”，叙述者“我”，两“我”不宜混同。何以有此不同，怎样不同，后文即予陈述。

第二个问题，与第一个问题密切相关：故事叙述者是谁？研究《孔乙己》叙事艺术的学者，历来都认为，“我”是小伙计，也就是故事叙述者。如，25年前（1994年）刊出的《〈孔乙己〉“叙述者”的选择》（下称《选择》），开宗明义说道：“《孔乙己》中的‘我’是咸亨酒店里的小伙计，也就是说，作者有意地选用‘小伙计’作为小说的‘叙述者’——这个事实是人们在读《孔乙己》这篇小说时，很容易就注意到的。”④

新近（2018年）发表的《〈孔乙己〉的叙述人称、叙事结构和内在情感》（下称《情感》），认为叙述者“我”是酒店学徒

(少年伙计),原话是:"直接叙事的第一人称'我',不是惯常意义上指向联系作者的自我认定,而是悬置挪移到咸亨酒店的'少年学徒'身上。"(按,这句话有点"绕"和"繁",用了"不是惯常意义上指向联系作者的自我认定",和"悬置挪移到"这样的表述语言,连同标点共53个字。如简而直地说:叙事者"我"不是作者,而是少年学徒,17字即可。)又云,"借助少年伙计的'第一人称'讲述孔乙己的'故事'"[5],如何如何。

两文观点一致:故事叙述者就是咸亨酒店的小伙计。但这一观点与小说原文不符:文中的"我"实则有两个(确切说是,"我"在文中显示两个年龄),叙述者不是酒店时期的小伙计。对此,文本有明确交代,却被研究者忽略了。试作辨析如下——

审视篇中的"我",有前"我"与后"我"之分。在小说全篇,"我"字出现24次,其分布,相对集中于三处:一是"我"初到酒店时,即第2、3段,出现4次;二是孔乙己与孩子交集时(包括段首"我可以附和着笑"之"我"),即第7、8段,出现13次(其中,3次是孔乙己自称:"我便考你一考"和"我教给你",以及"我已经不多了"),指代小伙计的10次(包括1次是"我们");三是孔乙己最后一次到酒店前后,即第10、11段,出现6次。以上三处之"我",是小伙计自称的,共20个,由第一个"我"("我从十二岁起")打头,到第23个"我",可称前"我"。此外,在最后一段(也是末句)中,出现1次,即"我到现在终于没有见"之"我",这最后一个"我"(第24个"我"),可称后"我"。不难分辨,前"我"(前23个"我"中的20

个)，当时在酒店做学徒，人称小伙计；后“我”(第24个)即“我到现在”之“我”，作为故事叙述者，肯定不再是“少年学徒”(小说没交代，他此时在哪里，做什么)。这就是区分小伙计“我”和叙述者“我”的人称(实指)依据。

再看文本对时间和年龄的提示。关于故事的时间，有发生时间与讲说时间，两个时间之差；“我”的年龄，有当年(做伙计时)与现在(讲说故事时)之别。对这“之差”与“之别”，小说都做了明确提示。

时间之差，在小说首段就已说明：“这是二十多年前的事，现在每碗要涨到十文”。这是以酒价的上涨，巧妙地告诉读者，故事发生于20多年前，不是“现在”发生的。此为第一次说明。第二次说明在末段(即末句)：“我到现在终于没有见——大约孔乙己的确死了。”篇末的“现在”，呼应首段的“现在”，告诉读者：20多年前发生的故事，已经讲说完毕，可以回到“现在”了。此外，第3段开头，“从此便整天的站在柜台里”的“从此”，本段末尾，“所以至今还记得”的“至今”，也在说明时间之差。

年龄之别，小说提示于第2段开头，即“我”首次出场时：“我从十二岁起，便在镇口的咸亨酒店里当伙计。”12岁那年开始当伙计，学徒三年出师，年15岁，还是少年，确可称小伙计。既然故事发生在20多年前，现在拿来讲说，讲说者已是30多岁的成年人，不再是当年那个少年学徒，即小伙计了。

如上所述，对《孔乙己》中的“我”，是否存在小伙计“我”(少年“我”，前“我”)和叙述者“我”(成人“我”，后“我”)这样的区分？

二　小伙计“我”

“伙计”是“我”的酒店身份，不是名称，但为言说方便，可称之为“小伙计”。小伙计“我”，亦称少年“我”，即前“我”。（小伙计可做“我”的统称，代名，本文专指酒店时期的“我”。）怎样看待小伙计“我”？他与孔乙己有何关系？

1.出身与性格

认识小伙计“我”，可从其家庭出身、文化教养、性格观念等方面，予以解析。

“我”第一次出现，就自报年龄和身份：“我从十二岁起，便在镇口的咸亨酒店里当伙计。”以12岁的年纪进酒店当伙计做学徒（童工），这说明“我”的家境不富裕，可称比较清寒。新文化运动倡导者之一，著名诗人刘半农，在五四时期写有《学徒苦》一诗，发表于1918年4月15日，《新青年》4卷4号，比《孔乙己》早一年。此诗内容是，倾诉学徒的种种酸辛与痛苦，如，“朝命扫地开门，暮命卧地守户，暇当执炊，兼锄园圃！”“复令前门应主顾，后门洗缶涤壶！奔走终日，不敢言苦！”⑥等等。这样的苦活、累活、贱活，富家子弟是不愿干，也干不了的，只有清寒人家，才送孩子（所谓寒门子弟）去做学徒，当伙计。为的是谋求生计，学习做生意，日后不必下田做工，当“短衣帮”。这种家庭环境影响“我”的思想与性格。

有一回，孔乙己问小伙计“我”：“你读过书么？”小伙计略点一点头，表示肯定，代替回答。“我”确实读过几年书，根据文本可知，他已经从《三字经》《百家姓》等初级蒙书，读到《论语》，所以懂得“君子固穷”“多乎哉？不多也。”及“者乎”等语句；他知道茴字的写法，是草头底下一个来回的回字；还会看掌柜在粉板上记的账，知道掌柜“从不将茴香豆上账”，等等。读过书，会写一些常用字，有一定的文化常识，而且学过《三字经》《论语》等典籍中讲的许多知识和道理，这些，是“我”成长中的积极因素。

12 岁的少年“我”，正处于成长阶段，个性已经初步形成。从小说开头部分的文字，可以认知“我”此时的性格。掌柜说他样子太傻，怕侍候不了长衫主顾，意思是，不能随机应变，逢迎、讨好有钱酒客，长衫主顾不喜欢他。事实证明，他也不会和短衣帮打交道，嫌弃他们，“唠唠叨叨缠夹不清”。往酒里掺水的事，他更是干不了（不愿意干），因而没过几天，掌柜改派一种无聊差事，叫他专管温酒。像这样，“我”一进酒店，就与掌柜、酒客等，相处不好，不被人理睬，难怪“掌柜是一副凶脸孔，主顾也没有好声气”。为人正直，不善交际，无论是对人（如孔乙己），或者对事（如嘲笑、取笑孔乙己），都有自己的看法，这使他在酒店里，显得很是特别。

2.惊奇—隔膜（冷淡）—同情

《孔乙己》通过人物之间的矛盾纠葛，塑造孔乙己的典型形象。其中，小伙计“我”与孔乙己的交集，是一个重要方面。其间关系不是固定的（不像酒客、掌柜等之于孔乙己），实则处于变化之中。二人同在酒店的时间不长，约有两三年,就是孔乙己生命的最后阶段。关系的变化主要体现于,小伙计看待孔乙己有一个“惊奇—隔膜(冷淡)—同情”的演变过程。

小伙计刚进酒店时,孔乙己已经是酒店的多年顾客,一个年约半百的老头子。“我”看孔乙己,初始印象不佳,因而感到惊奇:怎么是这样一个怪人?其怪有四:一容貌怪,个头高大而脸色青白,可见营养不良,体质差,花白胡子(年岁不小了)却乱蓬蓬的,皱纹间总带着一些伤痕;二衣服怪,身着一件长衫,可是又脏又破,“似乎十多年没有补,也没有洗”;三说话怪,一口之乎者也,难以听懂什么意思;四为人怪,不合群,他不是短衣帮而站着喝酒,虽穿长衫,却与别的长衫主顾拉开距离。常言道,先入为主。初始印象差,这在相当一段时间内,影响小伙计对孔乙己的看法。

对于特殊酒客孔乙己,小伙计“我”持续观察。他注意到,所有其他酒客,都起劲地欺负孔乙己,经常性的挑逗、嘲笑。孔乙己一进酒店,喝酒的人都兴奋起来,全体出动,极力戏弄、侮辱,看他的笑话。他们发现孔乙己脸上新添伤疤,就嘲笑他又偷人东西。孔乙己一反驳,酒客的攻击就更来劲,证明他确实偷人东西。一番戏耍,使孔乙己狼狈不堪,众人则哄笑起来。酒客再揭旧伤疤,拿没有进学说事,嘲笑孔乙己,连半个秀才也捞不到。这更令孔乙己难堪,立刻颓唐不安,众人再次哄笑起来。不仅酒客如此,掌柜也不放过孔乙己,常常嘲弄他,引人发笑。对眼前发生的一切,小伙计持旁观态度,虽然看不惯,不适应,更不参与,但没有什么表示。只在众人哄笑时,他能够附和着笑,轻松一下,因为这时笑一笑，掌柜决不责备。小伙计的旁观，大约持续一年多时间。在这期间，他对孔乙己还不了解，对其为人，没有清楚认识，总之相当隔膜，有时(一次谈话时)表现为冷淡。

后来发生的事，使小伙计的态度明显改变，就是孔乙己遭遇丁举人毒打而致残。丁举人太狠毒，孔乙己也太凄惨了，小伙计对孔乙己，由隔膜(冷淡)转化为同情。(此前，小伙计因孔乙己问“读过书么”，已经对他产生好感：在酒店里，只有孔乙己如此关心自己。)听酒客说，孔乙己被丁举人打折了腿，他非常揪心，孔乙己怎么样了？待到孔乙己再来酒店，就注意观察，看他打折腿后的样子：盘着两腿，对门槛坐着，满手是泥，用手走路；听他说话：声音极低；注意表情：很像恳求的眼色，等等。此时的掌柜，照旧取笑孔乙己，又引来几个人，一起说笑孔乙己的惨状。小伙计与他们相反，再也不能附和着笑几声，而是牵挂孔乙己走去以后，还能不能看见他。

3.“有一回”谈话的心理分析

小伙计与孔乙己的关系，很受研究者看重，而观点颇有分歧。主要原因在于，对“有一回”谈话的理解不同。由此，拙文试作一点对“我”的心理简析。

> 有一回对我说道，“你读过书么？”我略略点一点头。他说，“读过书，……我便考你一考。茴香豆的茴字，怎样写的？”我想，讨饭一样的人，也配考我么？便回过脸去，不再理会。孔乙己等了许久，很恳切的说道，“不能写罢？……我教给你，记着！这些字应该记着。将来做

掌柜的时候，写账要用。”我暗想我和掌柜的等级还很远呢，而且我们掌柜也从不将茴香豆上账；又好笑，又不耐烦，懒懒的答他道，“谁要你教，不是草头底下一个来回的回字么？”孔乙己显出极高兴的样子，将两个指头的长指甲敲着柜台，点头说，“对呀对呀！……回字有四样写法，你知道么？”我愈不耐烦了，努着嘴走远。孔乙己刚用指甲蘸了酒，想在柜上写字，见我毫不热心，便又叹一口气，显出极惋惜的样子。

研读这段文字，须理清“我”的心理脉络。先看谈话的五个回合，大致是：

开始的认可。谈话初始（第一回合），孔乙己先问“你读过书么？”小伙计的应对是“略略点一点头”。点头表示认可，产生好感，其因有二：一则，孔乙己此问是对自己的友好行动，过去从未遇到过；二则，所问恰是自己的“长处”，别的伙计（包括酒客）不一定都读过书。既然认可，为什么不直接回答，只应之以点头，而且是“略略点一点”？原因在于，小伙计对孔乙己，原本印象不佳，一时改不过来，又受环境影响，酒店中的人都不看好他。

看作“讨饭一样的人”。谈话继续（第二回合），孔乙己的“考你一考”，引起小伙计的反感，谈话开始时的融洽气氛，迅速飘散。孔乙己要考一考，就是不相信自己；再者，“讨饭一样的人，也配考我么？”所谓“讨饭一样”，指的是孔乙己的样子，即外表形象（容貌、衣着等），和讨饭的叫花子没有区别。这样子的人，有资格考我？小伙计重视人的外貌，因此回绝孔乙己的善意。

反问“谁要你教”。接下去的谈话(第三回合),气氛持续恶化,小伙计更反感。孔乙己把对方的“回过脸去,不再理会”,理解为“不能写”,就进一步表示“我教给你”。小伙计觉得,太“小看”人了,我本来就会写,只是懒得说出来。于是终于开口,以反问句“谁要你教”拒绝,显摆似的(又是反问句式)说出“茴”字写法。对孔乙己所说,“将来做掌柜”和“写账要用”,如何如何,他认为都不合实情,所以感到“又好笑,又不耐烦”。

再接下去,在孔乙己说“回字有四样写法”(第四回合),以及“想在柜上写字”(第五回合)时,小伙计上述心理和情绪,继续发展为“愈不耐烦”“努着嘴走远”及“毫不热心”等心绪变化与动作。

以上大约是谈话中,小伙计心理变化的过程。这种心理的外在表现,是态度冷淡,拒绝善意,恰与孔乙己的热情恳切形成对比。根据儿童心理学的描述,12 岁儿童的心理特征是自主意识增强,唯我独尊,有逆反性,极力证明自己行。对孔乙己的冷淡,正符合小伙计这时期的心理特征。

4.商榷与讨论

如何认识和评价小伙计“我”,以及小伙计与孔乙己的关系,论者的观点颇有不同。

(1)关于认识和评价小伙计。上引新论《重读》称,“‘我’是咸亨酒店的伙计”, 此说不全面。如前文所述,12 岁的“我”,确是酒店伙计。但 20 多年后的“我”,即故事叙述者“我”,肯定不再是“咸亨酒店的伙计”。他早已出师,结束学徒生涯。不仅如此,他是不是还在鲁镇,读者也无从知晓。这是可商榷者一。

其次值得商榷的是《重读》接下去的文字:"这个小伙计'我',因为工作卑微、单调,不自由,少见识,便有了一个标准的'看客'模样——这是鲁迅小说中第一次出现的'看客'形象。'我'是若无所思地看,静静地看,'事不关己,高高挂起'。单调、乏味,而又难免恐惧和无聊,'只有孔乙己到店,才可以笑几声'。孔乙己成为给'我'唯一乐趣的人。"这段话包含三个"是(成为)",即三个判断,均可质疑。

判断之一,小伙计是孔乙己的看客,而且有"标准"的看客模样。所谓看客,按照《呐喊·自序》的描述,是指那些围观砍头示众,"而显出麻木的神情"⑦的人。据此,"麻木的神情",应是看客的"标准"。显然,小伙计之于孔乙己,不是看客与示众材料的关系,更不"标准",因为小伙计不麻木。如前篇拙文《小伙计》,以及本文上面阐明的,小伙计是孔乙己遭遇的关注者("关注"不同于围观),命运的同情者,结局的牵挂者;在酒店里,只有酒客、掌柜之流,才是围观孔乙己的看客,"标准"的看客。再者,《孔乙己》之于看客,也不是鲁迅第一次描写其形象。其首篇小说《狂人日记》中,就有成群的看客,那些围观"狂人",即看疯子的人。

判断之二,小伙计对孔乙己,是"若无所思地看",还是"事不关己,高高挂起"?都不是。如文本所写,"我"虽然是静静地看,但不等于他没有自己的看法,没有感情倾向。文末说"我到现在终于没有见",表明直到 20 多年后,已经成人的"我",还在牵挂着孔乙己,关注其下落与结局。

判断之三，孔乙己“成为给‘我’唯一乐趣的人”。小说显示，“我”的“才可以笑几声”，即“附和着笑”，是发生在酒客嘲笑孔乙己的时候，而“引得众人都哄笑起来：店内外充满了快活的空气”之时，即“我”因众人哄笑，得机会放松心情，跟随大家也笑一笑，他并非笑孔乙己。就是说，使他“笑几声”的，是酒客嘲笑而引起的众人哄笑，不是孔乙己本人。（文本所说：“只有孔乙己到店，才可以笑几声”，品味“孔乙己到店”如何，是指到店以后，有了机会与可能，“才可以笑几声”。原文是，“孔乙己一到店，所有喝酒的人便都看着他笑”，这时小伙计没有笑。）所谓“笑几声”，也有别于众人的“哄笑”。

至于《论析》的结论：《孔乙己》中的“我”，与《阿Q正传》，乃至《祝福》等篇中的“我”，为“同一类型的‘独异个人’”，而“‘我’作为‘独异个人’是一个人生意义的反思者与寻找者”。此论涉及的作品与问题颇多，可探究的余地较大，不宜在此展开。简而言之，撇开《阿Q正传》《祝福》等篇，单考究《孔乙己》中的“我”：从文本中，实在看不出，他对“人生意义”是如何反思与寻找的。“我”的关注、同情与牵挂，只限于孔乙己个人，很难上升、抽象为对“人生意义”的反思与寻找。“我”确有反思、有改变，但只针对自己早年的冷淡。毕竟是酒店伙计出身，一个生活在鲁镇的普通百姓，“我”不具备思考人生大义的思想文化基础，也没有那样的客观人文环境。

（2）关于小伙计与孔乙己的关系。诸多论著（文），包括新近发表的《情感》，对二者关系的看法较为一致，认为小伙计看不起（瞧不起，不屑一顾）孔乙己，而且这态度固定不变。只有《选择》的观点不同，指出“随着故事的进展，小伙计自身的性格，以及他与孔乙己、酒客们的关系，也发生了微妙的变化”“‘我’（小伙计）的精神世界、地位都逐渐向麻木、冷酷的‘酒客’靠拢，最终不免被‘同化’”，“叙述者小伙计也于无意识中参与了对孔乙己的折磨”。所举例证有两个，“附和着笑”，以及在与孔乙己谈话中，“‘我’先是应付，继而‘不耐烦，懒懒的答道’，最后竟‘努着嘴走远’”[⑧]。愚以为，看到小伙计态度“微妙的变化”，是《选择》精细之处，但小伙计的变化，不是向麻木、冷酷的酒客靠拢，最终不免被同化，或参与折磨；恰恰相反，是变化为关注、同情与牵挂。拙文《小伙计》及本文上面已辨析，小伙计的“附和着笑”，不同于酒客的嘲笑，众人的哄笑；他的“不耐烦，懒懒的答道”“努着嘴走远”等，只是一时（“有一回”）表现出的冷淡，与麻木，冷酷，被酒客同化，参与折磨等，性质并不相同，不能同等看待。

三　叙述者“我”

以上解析小伙计“我”，下面辨说叙述者“我”，即解读已经成人的“我”是如何说故事的，包括：叙事依据与内容，叙事线索、方法与时间，等等。

1.依据与内容

叙述者“我”（成人“我”，后“我”）的叙事，有三个依据

(来源),从而构成小说三方面内容。

一是少年记忆,即留存于记忆中的,当学徒时的亲见亲闻。包含酒店人物:孔乙己、酒客、掌柜、孩子等;在酒店发生的事:酒客与孔乙己的纷争(添上新伤疤,偷人家东西,当真认识字么,凭空污人清白等),掌柜与孔乙己的纠葛(引人发笑,还欠十九个钱呢,又偷东西,不要取笑,等),孔乙己与孩子的交集(教认字、写字,给茴香豆吃,等);在酒店听说的事:何家吊着打,被丁举人打折腿,等;人们彼此态度和感情,如:酒客的嘲笑,掌柜的取笑,孔乙己的抗拒,等等。亲历的人和事,原本是具体丰满的,经过 20 多年岁月淘洗,许多小事和细节,已经淡化乃至遗忘,但重要人物和主要事件,记忆犹新而且深刻。这些留存的记忆,构成故事的框架和主要内容。

二是成年认知,即成人"我"(20 多年后的"我"),对前人往事的认识和评价,以及事后了解到的情况。经过岁月洗礼,阅历增加,"我"再来反思当年经历,此时对孔乙己,对酒店人物和事件,以及自己(少年"我")的作为等,形成新的看法、新的评价。这些看法和评价,已经有别于当年。比如,对孔乙己的身世和经历,他的坏脾气、好品行等。此时所做的讲述与介绍(即小说第 5 段),明显属于成年"我":对人对事的评判标准,认识高度,远非少年"我"所能达到。成年"我"的认知,体现于小说全篇,贯穿在所有情节(包括细节),所有对人和事的叙述。就是说,成年认知与故事框架(少年记忆),二者融而为一,充实了故事。

三是叙事处理, 即为适应讲说故事的需要, 增加可听

(读)性,对叙事材料(题材)所做加工,如缩略、补充、调整、细化等。成人“我”确是说故事的高手,听众(读者)感知的孔乙己故事,如此娓娓动听,真切传神,这全靠讲说时的处理加工。所谓处理加工,简而言之,就是情景再现——把当年的酒店生活、人物活动鲜明地展示给听众(读者)。具体做法有:(1)环境场面具象化(如开头部分的酒店格局,酒客与伙计的互动, 后面部分的酒客、掌柜对孔乙己的挑逗、戏弄等);(2)细致描摹神态动作(如孔乙己:涨红了脸,额上的青筋条条绽出,立刻显出颓唐不安模样;“我”:回过脸去,不再理会,愈不耐烦了,努着嘴走远等);(3)周密安排人物对话(如,酒客嘲笑、掌柜取笑及孔乙己抗争的语言,与孩子的对话等);(4)“无意”的感情流露(全篇叙事,取感情内敛之法,但在“忍不住”时,也透露一点叙述者的感情倾向。如,“他们又故意的高声嚷道”,以“故意”和“嚷道”两词,表现酒客不怀好意等)。应指出的是,所谓情景再现,仅为讲说者在20多年后的模拟,不是当年真实情景的复原;情景再现,非小伙计(少年“我”)所为,他胜任不了。

2.线索、方法与时间

《孔乙己》的叙事线索有二:情节线索、时间线索。前者体现为“笑”的贯穿,后者有明确提示。试简述之。笑的贯穿,始于“笑几声”,此系“我”的笑(第3段)。接着是“都看着他笑”,以及“哄笑起来”(两次),这是酒客的笑,以及由他们带头,引起的众人之笑(第4、6段)。再接着是“附和着笑”与“好笑”,这属于“我”(第7段);“附和着笑”,呼应前面的“笑几声”,两者说的是一回事。紧随着,有“听得笑声,也赶热闹”和“在笑声里走散”，这是与邻舍孩子有关的笑（第8段）。最后是掌柜的“取笑”，旁人的“说笑”（第11段）。以上诸笑，贯穿于文本的前、中、后各处。时间提示，除首尾总的说明（“二十多年前”，与“到现在”）之外，文本中各处都有交代。如，“过了几天”与“整天”，“从此”与“至今”，“十多年”与“一到店”，“原来”与“终于”，“几天”与“一月”，“这时候”与“这些时候”，“有一回” 与 “有几回”，“中秋前的两三天”与“中秋过后”，以及“到了年关”“第二年的端午”“到中秋”，等等。可称处处有提示，时间很明确。

叙事方法主要采取泛叙与特叙，但根据叙事需要，相应地灵活变化。关于《孔乙己》的叙事方法，叶圣陶先生指出："孔乙己到店时候的情形，有泛叙，有特叙，泛叙叙经常的情形，特叙叙某一天的情形”。[9]又说：“《孔乙己》的前一部分是平叙；就是小伙计叙说关于孔乙己的所见所闻，是综合了平时的经验来叙说的，并非叙说某时某天的所见所闻，其间没有时间的关系。后一部分是直叙；就是叙说中秋前的两三天……，其间有时间的关系。”[10]（按，“平叙”即“泛叙”，“直叙”即“特叙”，用词不同。）叶先生的分析十分清楚，不必重复。可补充的是，文本的前一部分（第1至第8段）并非单纯的泛叙，其中夹有补叙（第5段，叙孔乙己的身世经历之类），特叙（第7段，叙“有一回”对话），等等。这是根据叙事需要，而予以灵活处理，有所变化。

叙事时间，指的是孔乙己的故事，进行（延续）多长时间。其中，总的时间，是孔乙己的一生，约50年（额头皱纹和花白胡子显示的）。早年，以“原来”读过书而“终于”没有进学等，一带而过。“十多年”没有补、没有洗，系暗示孔乙己出入酒店的时间，这也是一带而过。以上两个时间，均虚化处理，节约篇幅，以便加强重点内容。正面(重点)表现的是小伙计到店后，与孔乙己同在酒店这一时期，大约两三年工夫。这两三年中，又以孔乙己之死这段时间(从打折腿，到慢慢走去，没有看见他；包括中秋过后，孔乙己走去，到次年年关，约一年多)是确切时间，即叶老说的，“其间有时间的关系”(属于特叙)。此前的一年左右(文本的前一部分)，“其间没有时间的关系”(属于泛叙)。叙事时间的设定，服务于“描写一般社会对于苦人的凉薄”[11]。亦即，泛叙叙经常发生的，民众(鲁镇人)对孔乙己的凉薄；特叙叙权势者(丁举人)对孔乙己的残害，致孔乙己于死地，结束其悲戚一生。

3.“有一回”谈话的叙事分析

探究叙述者“我”的叙事，不妨用解剖麻雀之法，对“有一回”谈话，即孔乙己与小伙计的一次交集，做一点实例分析。

首先，“我”为什么叙述这次谈话？就是说，《孔乙己》用意，既在描写社会对苦人的凉薄，却插入与凉薄无关的故事，即孔乙己与小伙计的交集，其故安在？——从“我”的感情说，这次谈话，是早年的一次重要经历，印象特别深刻，只要提起孔乙己，就想起这次谈话，显示孔乙己对“我”的重要性。从表现主旨看，叙此谈话，为了表明饱受凉薄的孔乙己是具有爱心和良好品行的读书人。如此，则丰富了典型人物的内涵；而这样的好人，依然受欺凌，被践踏，可见社会凉薄的严酷性、普遍性。实则是，好人的沦落、潦倒，更易于招来社会的欺凌和践踏,此系基于嫉妒的“报复”心理,是幸灾乐祸。归根结底,插入这一故事,是为表现主旨而做的精心安排。

其次,对“有一回”谈话,“我”是怎样叙述的?——在叙述中,“我”依据成年认知,对少年时期的一次经历,做了情景模拟再现。其谈话情况,应对过程,包括对话、表情、动作等,是叙述中的临时描述,不是当年实景的复原。两个“我”在叙事中的关系:小伙计“我”(少年“我”)是被讲述对象;成人“我”是隐含的讲述者(此“我”未出现,但全部话语属成人“我”)。比如,谈话中的小伙计,对孔乙己很是冷淡,而讲述者态度相反,以“很恳切的说道”,肯定孔乙己的真诚与热心,这是对自己当年冷淡的否定。谈话中,孔乙己用指甲蘸酒,想在柜上写字的细节,已经努着嘴走远的少年“我”,是不大理会,乃至看不到的,但讲述者“我”,不受此限制,可以同时观察并描写两个对象(少年“我”和孔乙己)。两“我”的不同,很容易被忽略,读时应仔细体会。

再次,如何评价“我”对这次谈话的叙述?——“我”之擅于说故事,在讲述这次谈话中也得到体现。从叙事角度看,谈话的故事讲述得完整、生动、巧妙。

完整,指故事内容。有道是,麻雀虽小五脏俱全。孔乙己与小伙计的交集,中心明确,有头有尾,有发展变化,是一个完整的故事。话题中心是读书、认字、写字。开始于孔乙己问“读过书么”,结束于因小伙计冷淡对待,孔乙己非常失望,“显出极惋惜的样子”。谈话中,孔乙己由关心发问,到诚恳施教,再到大失所望,感情态度的变化十分清晰。小伙计也是，其心理与感情的变化过程，已见上文分析。

生动，指故事表述，听者感受。叙述者使用了绘声绘影法，细致描写谈话进程，描摹人物各种语气、神态变化、细微动作等，使听者如见其人，如闻其声。比如，“孔乙己显出极高兴的样子，将两个指头的长指甲敲着柜台，点头说，‘对呀对呀！……回字有四样写法，你知道么？’”一句，这里有逼真的神态刻画，动作描写，赞语“对呀对呀！”启发性问话“你知道么？”以及“……回字有四样写法”中的省略号，表示短暂思考，这些描绘性语词、标点，活画出一个慈爱老人的形象，生动而传神。

巧妙，指故事组织，题材处理。比如，在小说叙述中，为什么突显小伙计的冷淡？一则，他终究是少不更事的孩子，又受酒店环境影响，当时不可能正确认识孔乙己，只有冷淡对待孔乙己，才真实而自然。二则，这种冷淡，恰好与孔乙己的热情恳切构成强烈对比，对孔乙己的关爱之心起反衬作用。所谓相反相成，在对比与反衬中，益显孔乙己关爱之可贵，而“我”，随着年岁与阅历增加，自我反思，自我否定，思想性格日趋成熟，终于改变了对孔乙己的认知。这对于典型人物的塑造，对于丰富小说蕴含，都具有加分作用。

四　简短的结语：“我”的意义

对“我”是谁之问，拙文陈述如上，仅供讨论与批判。最

后的思考,在于《孔乙己》中“我”的意义。愚见为:

1.“我”,典型形象的“塑造者”。主要人物“我”,在小说中的意义,是服务于中心人物孔乙己(其他人物莫不如此),与孔乙己有多重关系。具体说,少年“我”,从平时观察与关注孔乙己,到同情孔乙己之死,在共处中,见证了孔乙己如何饱受凉薄,如何被残害致死,对孔乙己兼有烘托(都是好人)和反衬作用;成人“我”以成熟者的认知,讲述孔乙己的故事,评价孔乙己的品性。两个“我”作用不同,无可替代,共同完成对孔乙己的服务。“我”既是故事叙述者,没有“我”的叙述,就没有孔乙己,就此而言,“我”是典型人物孔乙己的“塑造者”。

2.“我”,叙事艺术的独特贡献。鲁迅小说中,多有采用第一人称写法者,即通过“我”讲述人物故事。这也是中外许多作家、许多作品常用的方法。但《孔乙己》中的第一人称“我”,有很大不同。“我”实为两个,两“我”年龄相异,思想性格有别,在小说中各有作用。《孔乙己》中的“我”,既是文本故事叙述者、评价者,又是与中心人物有交集的主要人物,“身兼二职”。这种叙事人称,在中外作家、作品中,属绝无仅有。鲁迅的小说创作,继承我国古典小说传统,吸收借鉴外国小说长处,他是中国现代小说的开山大师。鲁迅的贡献是多方面的,《孔乙己》中“我”的独特创造仅为一例。

注释:

①管冠生:《〈孔乙己〉细读及“我”之论析》,《上海鲁迅研究》总

第78辑(2018年7月)。
②周仁政:《论〈孔乙己〉与“纯粹教育”——〈呐喊〉重读》,《鲁迅研究月刊》2018年第12期。
③谷兴云:《“没有吃过人的孩子”小伙计——100年后重读〈孔乙己〉》,《上海鲁迅研究》总第78辑(2018年7月)。
④⑧钱理群:《〈孔乙己〉“叙述者”的选择》,《语文学习》1994年第2期。
⑤李生滨:《〈孔乙己〉的叙述人称、叙事结构和内在情感》,《鲁迅研究月刊》2018年第6期。
⑥北京大学、北京师范大学、北京师范学院中文系现代文学教研室主编:《新诗选》第1册,上海教育出版社,1979年版,第109、110页。
⑦鲁迅:《呐喊·自序》,《鲁迅全集》第1卷,人民文学出版社,1981年版,第416页。
⑨叶圣陶:《揣摩》,《叶圣陶语文教育论集》上册,教育科学出版社,1980年8月版,第342页。
⑩叶圣陶:《未厌居文谈·〈孔乙己〉中的一句话》,《叶圣陶语文教育论集》上册,教育科学出版社,1980年8月版,第274页。
⑪孙伏园、孙福熙:《孙氏兄弟谈鲁迅》,新星出版社,2006年版,第173页。

(《上海鲁迅研究》总第85辑,2020年4月)

《孔乙己》琐谈

孔乙己为什么“身材很高大”

鲁迅曾为《创作的经验》[1]一书撰文，谈自己描写人物的方法，其经验：画眼睛。原话是，“忘记是谁说的了，总之是，要极省俭的画出一个人的特点，最好是画他的眼睛。我以为这话是极对的，倘若画了全副的头发，即使画得逼真，也毫无意思。”[2]有道是，眼睛是心灵的窗户。这画眼睛法，就是通过画眼睛，以显示人物的特点与精神。在描写人的外形时，倘能抓住特征，突出某一(某些)传神的，富有内涵的细节，人物也就写活了。

《孔乙己》就是范例，作者确是“极省俭的画出”孔乙己的外形及精神特征。看原文：

他身材很高大；青白脸色，皱纹间时常夹些伤痕；一部乱蓬蓬的花白的胡子。穿的虽然是长衫，可是又脏又破，似乎十多年没有补，也没有洗。

这里是两句话（两个句号），前一句，包括三个分句（有分号隔开），合起来是四句，共63个字（含标点）。所写是，孔乙己外形的四个方面：个头、面颜、胡子、衣着。一句一个方面，两句写上下身，两句写脸部，把孔乙己的形体特征，精神面貌，乃至生活遭遇，等等，全写出来了。读完这前后两句话，一个潦倒的读书人，已经活脱脱地站在眼前。

在此品读第一分句所写："他身材很高大"。孔乙己为什么身材很高大？就是说，小说（即作者）赋予人物的，是既"高"且"大"的个头，还不是一般的高大，是"很"高大，超出一般的高大，用意何在？

曾经读到过一些说法。最新的解读，见于一篇近时刊发的《〈孔乙己〉细读》（下称"细读"）。相关文字为：

"他（孔乙己）的高大，大概也与他'是站着喝酒而穿长衫的唯一的人'有关。""站着喝酒而穿长衫，这种带有唯一性的穿着、姿势，加上身高，还有以文言显示自己的与众不同，都能给他以几分骄傲的资本，让他颇有一点鹤立鸡群的超越感。"③

把高大与穿着、姿势、文言，四种成分合起来，组成"骄傲的资本"，那高大自然是骄傲的资本之一。孔乙己以高大为骄傲的资本吗？读小说，找不到依据。小说全文，在"他身材很高大"六字描写之外，孔乙己没有说过，或表现出高大给他带来什么荣光。相反,倒是带来“麻烦”:在与邻舍孩子说话时,他要“弯腰下去说”。个头矮,可能无须弯下腰。

孔乙已之所以“身材很高大”,似可如此解读:

一、引人注目,就是所谓“吸引眼球”。“孔乙己一到店,所有喝酒的人便都看着他笑”。身材既然很高大,“鹤立鸡群”,那在他到店前,眼尖的酒客,就已经发现他走过来,先已喜在心头:“活宝来了,不能放过,可要耍一耍了!”孔乙已走在街上,“回头率”定然很高。可见,他确实“与众不同”,但不是自我感觉,而是别人的观感。

二、身材很高大,就是身材魁伟,给人的第一印象,第一感受,是正面的,起加分作用。“天生我材必有用”,如果生逢其时,条件具备,应能大有作为。可是,孔乙已的一生,却如此潦倒不堪,在咸亨酒店,频频遭人奚落与嘲笑。这是为什么?引读者深思。

三、小说写孔乙已的身高,除上引前面一处,属于明写之外,后面还有两处暗写:一处在中间,就是上文提到的,“弯腰下去”与邻舍孩子说话;一处在末尾,孔乙已最后一次到酒店喝酒,“盘着两腿”,“在柜台下对了门槛坐着”,须“仰面”,才可回答掌柜。从身材很高大,到盘腿坐着,仰面看人,这前后高度反差,与他境遇的巨变,命运的凄惨,很是一致,具有象征意义。中间所写,弯下腰说话,这放下身段的动作,显示他对小孩子的平视、亲切与爱心。

鲁迅用画眼睛法,所画人物特点,在阿Q,是癞头疮(“在他头上的是一种高尚的光荣的癞头疮”),在祥林嫂,是眼神(“她那没有精采的眼睛忽然发光了”),在孔乙已,是身材很高大等。鲁迅小说全部人物画廊中,孔乙己是第一高人,也是唯一描写其身高的人物。个中意蕴,可细细品味。

“满口之乎者也”辨

《孔乙己》在描画人物外形后,紧接着,写孔乙己说话的特点:“他对人说话,总是满口之乎者也,教人半懂不懂的。”之乎者也,就是所谓文言,说话中夹着文言句子。孔乙己为什么“总是满口之乎者也”?这应该怎样解释?不妨先看看,他说话的实际情形。

“总是满口之乎者也”的“总是”,不同于“全是”(另有一处“全是”),意为经常是,有时不是,所以才可能“教人半懂不懂的”。细读全篇,文中写孔乙己说话的场合(即场面),总共5个:受喝酒的人奚落时,前后两个;对小伙计、邻舍孩子、掌柜说话,各一个。其中,说话“满口之乎者也”的,只有两个场合(受喝酒的人奚落时)。按比例不到一半。(与邻舍孩子说话后,说了一句文言,见下文。)

再看孔乙己对酒店中人,分别说话的具体情况。

对柜里说的是“温两碗酒,要一碟茴香豆。”——一句口语。

对喝酒的人,说了“你怎么这样凭空污人清白……”和“窃书不能算偷……窃书!……读书人的事,能算偷么?”以及“君子固穷”与“者乎”之类若干句。另外,在后一次受喝酒的人奚落时，他“嘴里说些话；这回可是全是之乎者也之类”。——两句口语，加上两次之乎者也。

对小伙计说的，“你读过书么？”和“读过书，……我便考你一考。茴香豆的茴字，怎样写的？”等——共四句口语(一次发话算一句，下同)。

对邻舍孩子的，“不多了，我已经不多了。”之后，“自己摇头说，‘不多不多！多乎哉？不多也。’”——两句口语，一句文言：“多乎哉？不多也。”

对掌柜说的，“这……下回还清罢。这一回是现钱，酒要好。”和“不要取笑！”等三句；又两次说“温一碗酒”。——共五句口语。

据以上引列，孔乙己实际说的话：口语 14 句，文言(之乎者也)两次半，其中叙述人复述出来的，只有“君子固穷”与“多乎哉？不多也”。

可见，如小说所写，在多数场合，面对一个个具体的人，即单个的人，孔乙己说的都是正常的口语，与对方沟通毫无障碍。所谓“总是满口之乎者也”，只出现在特殊场合，即受喝酒的人(群体)奚落时，前后有两次。(另有一次，是“自己摇头说”的，与他人无关。)

要探究的是，为什么在受喝酒的人(群体)奚落时，孔乙己应之以“满口之乎者也”？

这因为，对方是“群起而攻之”，你一言我一语的，他单枪匹马，“舌战群儒”，应对不过来，就以之乎者也，堵住对方的嘴，使之接不上话，不能继续奚落他。由此而以“引得众人都哄笑起来”收场，结束一场“战斗”。这实际是孔乙己的“斗争”策略，体现出他的随机应变。再者，还要具体分析当时情况。在第一场“舌战群儒”时，先说的是一句大白话：“你怎么这样凭空污人清白……”不是之乎者也。只在有人出面证明：“前天亲眼见你偷了何家的书”，孔乙己争辩一番后，才以“难懂的话，什么‘君子固穷’，什么‘者乎’之类”，予以应对。这是以文言来掩饰，毕竟“窃书”是事实。在第二场“舌战群儒”时，他没有以口语回答，先是“显出不屑置辩的神气”，接着，对方嘲笑他“连半个秀才也捞不到”，他不好辩解，仍以“全是之乎者也之类”（这里为“全是”），使之“一些不懂”，随即“众人也都哄笑起来”，又一场争斗结束。至于给邻舍孩子茴香豆后，“（对）自己摇头说”的：“多乎哉？不多也。”这是孔乙己的自言自语，不是对小孩子说的，也不是说给其他人听的。

这些，就是“总是满口之乎者也”的情况与原因。鲁学重要论著《鲁迅小说新论》（下称《新论》）称：“由于他相信‘读书高’，所以他讲起话来习惯于处处从古人书本中引经据典，以显示自己是一个读过书的人。”④《鲁迅研究》（下称《研究》）说，孔乙己“随口引用古书成文”⑤。说孔乙己处处引经据典，或随口引用古书，云云，这些说法均非事实。如上文所述，孔乙己是在有限的场合（两次），才以之乎者也应对酒客的戏耍。同样，按上引《细读》所说，孔乙己是“以文言显示自己的与众不同”，文言“给他以几分骄傲的资本”，亦为对孔乙己本意的误判。

窃书和偷东西的区别

关于窃书与偷东西的争辩，是《孔乙己》的重要情节，关系到对人物与小说的理解。原文是：

> 他们又故意的高声嚷道，“你一定又偷了人家的东西了！”孔乙己睁大眼睛说，“你怎么这样凭空污人清白……”“什么清白？我前天亲眼见你偷了何家的书，吊着打。”孔乙己便涨红了脸，额上的青筋条条绽出，争辩道，“窃书不能算偷……窃书！……读书人的事，能算偷么？”

这里写喝酒的人（酒客），与孔乙己的语言（对话）交锋，你一言我一语，两个来回。先是酒客“高声嚷道”，说孔乙己又偷人东西；孔乙己以“睁大眼睛说”应之，理直气壮地还击对方，“凭空污人清白”。接着，一酒客以亲见事实来证明，孔乙己偷了何家的书；这下，孔乙己只能辩解（争辩），其神态是，涨红脸，青筋绽出，显得有些狼狈，说话也结结巴巴，语意不明确。

理清这段文字，应解释以下问题：1.孔乙己应对酒客的“高声嚷道”，为什么如此底气十足，理直气壮，反击酒客是污人清白？2.接着，为什么一下子又变得狼狈，说话结结巴巴？

他想说什么？3.窃书和偷东西，有什么不同？孔乙己为什么不承认偷东西？4.窃和偷，有区别吗？孔乙己说自己是窃书，不说偷书，是什么原因？

试解如下：1.通常偷人东西者，要偷的是值钱财物，孔乙己没有偷何家值钱财物，所以理直气壮，反击酒客是污人清白。2.有酒客证明，孔乙己偷了何家的书，这是事实，孔乙己无法否认，因而很狼狈。他争辩的话，意思是，偷书与偷东西，不能相提并论。但“偷”字不好听，他改为“窃”字，实际承认偷书的事实。3.偷东西指偷值钱财物，窃书就是偷书，偷的对象（目标）不同，所以孔乙己不承认偷东西。4.窃和偷的含义相同，但前者书面色彩浓，后者更口语化。说自己偷书，有失尊严，太丢面子，孔乙己难以启口，故而改说窃书。这是一种掩饰，一种委婉的承认。

对这场争辩，值得注意的是：一、小伙计说，孔乙己的品行“比别人都好”，孔乙己承认窃书，这是又一个证明：别人揭露自己的不当行为，孔乙己当场接受，不否认，不抵赖。二、孔乙己说，偷书不同于偷东西，窃书（偷书）是“读书人的事”，这不无道理。在现实生活中，通常偷东西者，偷的是值钱财物；读书人才偷书，如在图书馆、书店偷书的都是读者，或想读书而不愿花钱买书的人。人们指摘偷书的人，只说他偷书，不说他偷东西。一般而言，偷东西比偷书，情节更严重，“民愤”更大。

有的学者对这场争辩，做出不同解读。如，《新论》称：“历史上曾有人把偷书者称作‘雅贼’。在孔乙己看来，偷书也是比偷别的东西高贵的行为，因为这是比其他人高贵的‘读书人的事'啊。"[6]与此观点近似,《研究》说,"孔乙己就连偷东西也要分等级,'窃书不能算偷',读书人偷书,偷东西,就与'凡夫俗子'不同,就不算偷,这有多么迂腐可笑!"[7]

"奇文共欣赏,疑义相与析。"对小说同一情节,做出不同解释,这是正常情况。如欲深究,应该从小说人物的整体形象,相关情节的实际文意,进行比较和鉴别。

"有一回"和"有几回"

《孔乙己》的人物关系网中,在孔乙己与酒客,孔乙己与掌柜之外,还有他与孩子的交往。这就是"有一回"和"有几回",先后叙述的两个小故事。

"有一回"说的是,孔乙己教小伙计写字的故事。叙述人为什么说这个故事?为什么只"有一回",而不是几回,多回?

孔乙己教小伙计写字,是他"只好向孩子说话"的第一事例。他的态度,诚恳而殷切(叙述者用语:"很恳切的说道"),是真心实意想教小伙计。小伙计却以冷淡应对,要么"回过脸去,不再理会",要么"不耐烦""愈不耐烦",等等。为什么一冷一热,对比如此鲜明?一、构思需要。小伙计愈冷,愈衬托出孔乙己的热,小说重在写热。二、合乎情理。在酒店里,小伙计不能不受一点掌柜、酒客的影响,这些人全不看好,乃至奚落、取笑孔乙己。耳濡目染,使少年小伙计,也有所冷淡,乃至缺乏对孔乙己的尊重。三、这是少年小伙计所为。成年(20多年后的)小伙计,已对往事有所反思,另有对孔乙己的评价。四、小伙计的冷,"有一回"就可以了。教一回就遇冷,还能教几回、多回?

一些论者从小伙计的冷,做出他轻视,或看不起孔乙己的判断。最"有说服力"的依据,可能是文中这句话:"我想,讨饭一样的人,也配考我么?"此语做何解释?小伙计这是说,孔乙己破衣烂衫,蓬头垢面,叫花子一般,没有资格教他。他读过私塾,他的塾师就不是这副模样。他虽然对孔乙己冷淡,但不同于酒客、掌柜之流的奚落、取笑,他没有鹦鹉学舌,笑孔乙己"添上新伤疤""连半个秀才也捞不到""打断腿"等等。把小伙计与酒客、掌柜等人同等看待,不加区分,这有违小说原意。

"有几回"发生的是,孔乙己给邻舍孩子(幼童)茴香豆吃的故事。所谓"有几回",是说这些孩子来一次,他给一次。幼童爱玩爱吃,茴香豆有吸引力,他们就来一次,又一次。这表现出孔乙己对幼童的善待与亲切。有论者说,孔乙己给茴香豆吃,是为了讨好邻舍孩子。这真是,"好心变成驴肝肺"。讨好这些孩子,对孔乙己有什么好处?他只是一次次"损失"那原本就不多的茴香豆。

小说穿插"有一回"和"有几回"两个故事,是对孔乙己的正面描写,表现他性格积极的一面。在两个故事中,他是主动者(在与酒客、掌柜关系中,他处于被动状态)。他渴望与人交流,爱孩子,有正常人的喜怒哀乐,等等,于此得以具体呈现。比如,他的"可爱"与"有趣",从"着了慌,伸开五指将碟子罩住","直起身又看一看豆,自己摇头说,'不多不多!多乎哉?

不多也。'"这些动作与语言的细节描写,淋漓尽致地显示出来。

穷困潦倒的读书人孔乙己,虽然处在社会边缘,备受欺凌,但他良性未泯,“品行却比别人都好”。孔乙己的典型形象,是丰满而真实可信的。

再者,从小说整体情调看,前面所写,是酒客对孔乙己的奚落与嘲笑,后面描写掌柜的冷酷与取笑,均弥漫着威逼、阴暗气氛,令人窒息。前后之间穿插两个小故事,如红日升起,一扫阴霾,使人感受到温馨与友善,这是人性之美。社会的黑暗,不是浓得化解不开,希望仍在。

邻舍孩子没有笑

在《孔乙己》中,“笑”字出现频繁。小说中的人物都有笑,或与笑有关系。但不同人物,如酒客、掌柜、小伙计等等,发笑原因,笑的意义,各有不同。初读者可能未加区分,混为一谈。遗憾的是,学者们也未能幸免,因而出现误读:或者把全篇的笑,看为只有一种笑,或者把这种笑,当成那种笑,等等。这种误读,必然影响其论断的可信性,乃至其论著的学术价值。对此,不妨做一点考究,予以辨别。

一、盘点小说中的“笑”

为便于比较,先按出现顺序,将全文中的“笑”,予以摘录:

①“只有孔乙己到店,才可以笑几声”

②“孔乙己一到店,所有喝酒的人便都看着他笑”

③“什么‘君子固穷’,什么‘者乎’之类,引得众人都哄笑起来”

④“在这时候,众人也都哄笑起来”

⑤“在这些时候,我可以附和着笑”

⑥“掌柜见了孔乙己,也每每这样问他,引人发笑”

⑦“我们掌柜也从不将茴香豆上账;又好笑,又不耐烦,懒懒的答他道”

⑧“有几回,邻舍孩子听得笑声,也赶热闹,围住了孔乙己”

⑨“于是这一群孩子都在笑声里走散了”

⑩“掌柜仍然同平常一样,笑着对他说”

⑪“(孔乙己)单说了一句‘不要取笑!’”

⑫“取笑?要是不偷,怎么会打断腿?”

⑬“此时已经聚集了几个人,便和掌柜都笑了”

⑭“他喝完酒,便又在旁人的说笑声中,坐着用这手慢慢走去了”

以上诸句中,共14个“笑”。关联情况:小伙计的“笑”是,①句“笑几声”,⑤句“附和着笑”,⑦句“好笑”,三个。喝酒人的“笑”是,②句“都看着他笑”,一个;但众人的“笑”,喝酒人是主体。众人的“笑”是,③句“哄笑”,④句“哄笑”,两个。掌柜的“笑”是,⑥句“引人发笑”,⑩句“笑着对他说”,⑫句“取笑”,⑬句“都笑”,⑭句“说笑”,共5个;⑬句与⑭句的“笑”中,包括“几个人”。另外,⑧句与⑨句说的是“笑声”,与邻舍孩子相关联，但不是他们发笑。⑪句的“不要取笑！”，是孔乙己对掌柜的回应，不是他自己笑。这14个“笑”，因发笑人不同，笑的原因与意义，也就不同，应予辨别。

二、学者们是怎样误读的

排列已毕，就可以和学者的有关论断一一进行对照。比如《新论》与《研究》两论著，以及《细读》，在三位学者的大作中，看不出对小说中不同的笑加以辨析，与此相反，却混同了不同的笑。请看《新论》的文字：

“只要孔乙己到店，这种僵冷的局面也就改变了，不但掌柜会不断提出一些问题逗弄孔乙己，‘引人发笑’，而且小伙计在这些时候也可以附和着笑，‘掌柜是决不责备的’，他们在对孔乙己的逗笑上似乎也能暂时取得一致。”⑧

这里说，在掌柜逗弄孔乙己，“引人发笑”时，小伙计可以附和着笑，即，把小伙计⑤句的“附和着笑”，归因于其后，⑥句掌柜的“每每这样问他，引人发笑”。这就颠倒了前后笑的关系。实际情况是，小伙计的“附和着笑”，出现在前面③句与④句，众人哄笑的时候，不是后句掌柜引人发笑的时候。

《研究》的论断：“孔乙己还没有出场，就写出了他在小伙计心目中的地位：写出他是最被人看不起的小伙计所看不起的，可以随便讥笑的。”⑨这是把小伙计①句的“笑几声”，即放松心情的笑，解释为随便讥笑孔乙己。而在小说中，只有酒客、掌柜之流，才讥笑孔乙己；小伙计没有讥笑过孔乙己，反而是称赞他，“品行却比别人都好”。

《细读》的论断：“炫耀知识得到的回报是嘲笑的笑声，以茴香豆讨好收获的还是讪笑的笑声”⑩。这里有两个误读，一是把小伙计⑦句的“好笑”，解释成嘲笑，还发出了笑声；二是把⑨句，一群孩子在笑声里走散，解释为讪笑的笑声。其实，这些孩子没有笑，更没有讪笑，乃至发出笑声。这两处误读，与小说原意相距更远了。

三、邻舍孩子为什么没有笑

咸亨酒店里的人都有笑，唯独邻舍孩子没有笑。个中缘由值得分析。愚以为：他们年幼无知，天真无邪，不懂得大人间的纠葛，还不会嘲笑、取笑别人；也没有小伙计那样的遭遇，不会附和着笑。此其一，是年龄原因。其二，是心情原因。他们吃了茴香豆，但一人只一颗，不满足，“眼睛都望着碟子”，还想要，但孔乙己没有再给，于是他们失望而归，笑不起来。如果孔乙己倾其所有，全分给他们吃，也许孩子们心满意足，会欢天喜地，或笑嘻嘻地走散，而不是“这一群孩子都在笑声里走散了”。邻舍孩子毕竟是幼童。

注释：

①《创作的经验》，上海天马书店，1933年6月版。

②鲁迅：《我怎么做起小说来》，《鲁迅全集》第4卷，人民文学出版社1981年版，第513页。

③张中良：《〈孔乙己〉细读》，《鲁迅研究月刊》2016年第9期。

④范伯群、曾华鹏：《鲁迅小说新论》，人民文学出版社，1986年版，第31页。书中专论《社会对于苦人的凉薄——论〈孔乙己〉》。

⑤林志浩：《鲁迅研究》（下册），中国人民大学出版社，1988年版，第125页。书中专文《关于〈孔乙己〉的分析和研究》。

⑥范伯群、曾华鹏:《鲁迅小说新论》,人民文学出版社,1986年版,第40页。
⑦林志浩:《鲁迅研究》(下册),中国人民大学出版社,1988年版,第123页。
⑧范伯群、曾华鹏:《鲁迅小说新论》,人民文学出版社,1986年版,第40页。
⑨林志浩:《鲁迅研究》(下册),中国人民大学出版社,1988年版,第121页。
⑩张中良:《〈孔乙己〉细读》,《鲁迅研究月刊》2016年第9期。

(《绍兴鲁迅研究》2018年)

开放在凉薄世界的美丽花朵

——《孔乙己》的审美考察

《孔乙己》中的咸亨酒店，是一个凉薄世界，店内店外，充斥着冷酷、冷漠、冷淡，没有一丝活气。遍观出入酒店的各色人等，只有读书人孔乙己，言谈举止很特别，从他身上散发出一点温暖，透露一种美。孔乙己之美，值得品味。——“孔乙己之美”，有没有搞错？太“颠覆”了吧！历来学者们论述的，课堂上讲解的，孔乙己都与美不搭界，可谓相距十万八千里。看此君尊容，花白胡子乱蓬蓬，一件长衫脏兮兮，说起话来，满口之乎者也，不知所云……请问：孔乙己美在哪里？且慢，请容分说：从审美视角考察，孔乙己确是美的，孔乙己之美——

一、美在品行：诚信。

“他在我们店里，品行却比别人都好”。这是故事叙述者“我”，对孔乙己的评价。评价依据是，“我”从12岁起，做酒店伙计几年的体察。在咸亨酒店，所谓“别人”，包括掌柜、伙计三几人，进进出出的酒客，数目难以统计。这些人合起来，品行都不如孔乙己，他应是人中翘楚。评价依据，还包括

“我”20多年间的阅历，对社会上芸芸众生的观察与鉴别。已经成年的“我”，可称阅人多多，见识多多，但在回忆往事与故人时，孔乙己依然超脱而出，可见印象之深。

“品行”，什么含义？《现代汉语词典》解释，是“有关道德的行为”[①]。就是说，品行是道德的外在表现，从一个人的行为举止，可以评判他的道德品质。在小说中，体现孔乙己品行的，“就是从不拖欠；虽然间或没有现钱，暂时记在粉板上，但不出一月，定然还清，从粉板上拭去了孔乙己的名字。”喝酒不欠账，偶尔欠一次，也很快还清。这看来是区区小事，本该如此，“别人”却做不到，孔乙己可以做到，因为，他看重的是诚信。做人，首先要讲诚信；诚实守信，是为人处事的基本准则，也是中华民族的传统道德。孔乙己是读书人，孔子信徒。孔子的教导：“民无信不立”“人而无信，不知其可也”，他牢记心间，且付诸行动，为此表现于每一特定场合，比如，在他经常光顾的咸亨酒店，喝酒之时。诚信在当下，是社会主义核心价值观内容之一；这是说，按现代标准衡量，孔乙己于此也不缺失。

不仅如此，孔乙己的诚信，还表现在对自己过失的态度上。“人非圣贤，孰能无过。过而能改，善莫大焉。”据“我”叙述，孔乙己“有一样坏脾气”，有时“免不了偶然做些偷窃的事”。那么，孔乙己如何对待自己的过失？比如，小说写到，有人指证他偷了何家的书。顿时，“孔乙己便涨红了脸”。这脸色的即刻改变，是内心认错的外化。他的争辩：“窃书不能算偷……窃书！”明确承认偷书，不过“偷”字不好听，改成了文言词“窃”。再如，他欠酒店十九个钱，掌柜见到他就说：“你还欠十九个钱呢！”他“很颓唐”地回答：“这……下回还清罢。”此神色和语言，也是在承认自己的疏失。他没有抵赖、狡辩或找借口，而是正视，承认自己的过错和缺失，要做弥补。

二、美在精神：抗争。

小说《孔乙己》，通过叙述者“我”，讲述了一个发生在咸亨酒店的故事。故事内容，是酒客（包括两类人，长衫主顾和短衣帮）、掌柜等辈，如何逗引、欺辱、嘲笑读书人孔乙己，正是“虎落平阳被犬欺”，而孔乙己既不畏惧，也不回避，针锋相对地予以还击。鲁迅说：“人被压迫了，为什么不斗争？”[②]小说叙述的，实际就是被压迫者，对压迫者进行斗争的故事。酒客、掌柜之流，对孔乙己的欺辱、嘲笑等等，实质是一种精神压迫，语言暴力。孔乙己的应对是，拒不接受，寸步不让，抗争到最后。且以争斗第一场为例，看孔乙己的表现：

> 孔乙己一到店，所有喝酒的人便都看着他笑，有的叫道，“孔乙己，你脸上又添上新伤疤了！”他不回答，对柜里说，“温两碗酒，要一碟茴香豆。”便排出九文大钱。他们又故意的高声嚷道，“你一定又偷了人家的东西了！”孔乙己睁大眼睛说，“你怎么这样凭空污人清白……”“什么清白？我前天亲眼见你偷了何家的书，吊着打。”孔乙己便涨红了脸，额上的青筋条条绽出，争辩道，“窃书不能算偷……窃书！……读书人的事，能算偷么？”接连便是难懂的话，什么“君子固穷”，什么“者乎”之类，引得众人都哄笑起来：店内外充满了快活的空气。

小说全篇,写了三场争斗。这是孔乙己与酒客争斗的第一场,从众酒客的笑开始,“所有喝酒的人便都看着他笑”,而孔乙己没有回应,这是坏笑、恶笑,孔乙己自然心知肚明,但他不予理睬,照样进店喝酒。接着,一酒客出场,借由孔乙己脸上的新伤疤,加以挑逗,孔乙己仍不理睬,只对柜里说话,要酒要菜,还显摆似的“排出九文大钱”。这种态度、动作的藐视,惹恼了对方。于是,众酒客一起出动,“故意的高声嚷”,判定孔乙己偷人东西了,孔乙己则应之以“睁大眼睛说”,反击酒客凭空诬蔑。这是以牙还牙,以激烈应对激烈。接下去,又一酒客抢着出场,以偷何家书一事,证实孔乙己偷人东西。孔乙己反应更激烈,以窃书不等于偷东西,进行争辩,以“君子固穷”明志,更用难懂的之乎者也,机智地堵住对方的嘴,使之接不上话,以众人哄笑结束。这场争斗,唇枪舌剑,你来我往,孔乙己毫不退让。要注意,酒客是个体(“有的”“我”)与群体(“他们”)配合,轮番出动,孔乙己则是单枪匹马,极力抗争,一点不怯场。

孔乙己的抗争精神,一以贯之:在对酒客们争斗的第二场,以及与掌柜的争斗中,同样表现得十分鲜明,只是形式相异。不必一一引述。

三、美在情感:有爱心。

在咸亨酒店里,活跃着各样人物。如何与这些人物交集,孔乙己是有区别的。比如,在与酒客、掌柜之流较量时,他坚冷如铁似钢,但面对另一类人,他温和如寒冬的暖阳。他的内心世界中,不乏柔情与关爱。这类人就是孩子。

出现在酒店的孩子，有12岁的伙计，即少年的“我”，还有邻舍的孩子，一群三五岁的幼童。在这些孩子面前，孔乙己是充满爱心的和善老人。读下面他与“我”的一番谈话：

有一回对我说道，“你读过书么？”我略略点一点头。他说，“读过书，……我便考你一考。茴香豆的茴字，怎样写的？”我想，讨饭一样的人，也配考我么？便回过脸去，不再理会。孔乙己等了许久，很恳切的说道，“不能写罢？……我教给你，记着！这些字应该记着。将来做掌柜的时候，写账要用。”我暗想我和掌柜的等级还很远呢，而且我们掌柜也从不将茴香豆上账；又好笑，又不耐烦，懒懒的答他道，“谁要你教，不是草头底下一个来回的回字么？”孔乙己显出极高兴的样子，将两个指头的长指甲敲着柜台，点头说，“对呀对呀！……回字有四样写法，你知道么？”我愈不耐烦了，努着嘴走远。孔乙己刚用指甲蘸了酒，想在柜上写字，见我毫不热心，便又叹一口气，显出极惋惜的样子。

从这段话，读不出孔乙己的一片爱心？试做解析。

谈话内容：一、“读过书么”。12岁的少年，正处于读书求知年龄，问读过书吗，是关心“我”的切身大事。二、“茴香豆的茴字，怎样写的”。茴香豆是酒店里普通下酒菜，“我”既然读过书，考一考实用字“茴”的写法，是看读的书会不会用。三、“我教给你”。表现了施教的真诚。四、“这些字应该记着。将来做掌柜的时候，写账要用”。多读多记，将来做掌柜,这是对“我”的鼓励。五、“回字有四样写法”。继续鼓励“我”多学,增长知识。

谈话态度:从平和的开头两问,“你读过书么?”“怎样写的?”到“等了许久,很恳切的说”,接下去是,因“我”知道“茴”字写法,而“显出极高兴的样子”,且“点头说,‘对呀对呀!’”,最后,“见我毫不热心,便又叹一口气,显出极惋惜的样子。”孔乙己的话语,以及神态、动作的变化,是不是显现出一个具有热心、诚心、耐心的爱幼老人的形象?

对于邻舍孩子,孔乙己的爱心表现在:拿自己本来不多的茴香豆,分给他们吃,无法多给,那就一人给一颗;对他们说话,就“弯腰下去”,平等、亲切地解释:“我已经不多了”,即不能再给了(话外音是:如果多,我会再分给你们),等等。要注意,这样的事不是只发生一次,而是“有几回”,即:一次,再次,三次……多次发生。

四、美在生命:顽强。

诚信品行、抗争精神、富于爱心的情感,这些,都是孔乙己生命的构成部分,生命的支柱,是其人生的闪光点。此外,还有一个重要闪光点:顽强。生的执着,命的坚强,合而为顽强,生命的顽强。

先说“生的执着”。生,生存,就是活着。对人而言,生存是第一要义。“我们目下的当务之急,是:一要生存,二要温饱,三要发展。”③潦倒的读书人孔乙己,够不上温饱,更免谈发展,就是生存,也非常非常不易。孔乙己的生存,有三大障碍:一是贫困。故事叙述者说,“孔乙己原来也读过书,但终于没有进学,又不会营生;于是愈过愈穷,弄到将要讨饭了。”孔乙己是清苦的读书人，本没有什么家底，又不会营生，当然没有钱财收入，只能坐吃山空，越过越穷。穷得只有身上一件长衫，又脏又破，没有可换洗的。二是孤独。这属于精神领域，感情生活。在家，孔乙己孑然一身，无妻室，无子嗣。在外，朋友亲戚早已断绝来往，连一个可以说话的人都没有，所谓“贫居闹市无人问，富在深山有远亲”是也。孤苦伶仃，形影相吊，这样的日子实在难熬。三是凉薄。“庸凡凉薄，日益以深”[④]的凉薄，即“人情冷暖，世态炎凉”，表现为，鲁镇人（以酒客、掌柜等为代表）对他的冷漠、欺辱、嘲笑、戏耍，即精神迫害。

但是，孔乙己竟然存活到大约半百年纪（额头皱纹、花白胡子显示的。那时的中国人，平均寿命只有三十来岁），这令人惊奇。他是怎么坚持着活下来的？第一，他活在书里。作为读书人，他诱导“我”读书，自己当然也是爱书人，以书为精神家园。心里想的，嘴里说的，是书中的道理，书中的语言。第二，他活在酒里。酒是他唯一的物质享受，也是他的生活乐趣，唯一朋友。不要忘了，他是喝了最后一碗酒，才从酒店，也是从鲁镇，永远消失，告别人世的。第三，他活在自娱自乐、自我调节里，心态好。他渴望与人交流，却不能与成人交谈，就对孩子说话；孩子也对他冷淡，就自说自话。如，他给孩子茴香豆吃，内心为此感到快乐，对自己摇头说，“不多不多！多乎哉？不多也。”就是自我愉悦，自我调侃。第四，更重要的，他活在信念里。圣人教诲的“君子固穷”，就是他的信念。“一箪食，一瓢饮，在陋巷，人不堪其忧，回也不改其乐。”颜回是他的榜样。他也是普通人，“好死不如赖活着”，这世俗的观念，也影响着他。人来世上走一遭，实在不容易，一息尚存，就坚持活下去。

再说“命的坚强”。命，性命，对于威胁和危害性命的打击、摧残，孔乙己都咬牙扛住。何家把他吊起来打，丁举人私设刑堂审他，“先写服辩，后来是打，打了大半夜，再打折了腿”。这些人有钱有势，是权力者，对他施行暴力恐怖，残害躯体与性命。致使他，“皱纹间时常夹些伤痕”，“脸上又添上新伤疤”，可他照样到酒店喝酒，依然出现在公众视野。中秋前的两三天，掌柜说，“孔乙己长久没有来了”。喝酒的人说，“许是死了”。可他没有死，是丁举人打断了腿，正在养伤。稍后，竟然盘着两腿，满手是泥，“坐着用这手”，再来酒店喝酒。这是掌柜、酒客等人，全然想不到的。

五、咸亨酒店中的“芳草”。

世上的美，多姿多彩，性质不同。如，外表美之与内在美，完美之与残缺美，喜剧美之与悲剧美，等等。孔乙己之美，属于什么性质？

孔乙己之美，是内在美。诚然，看孔乙己的样子，乱蓬蓬的胡子，脏兮兮的长衫，等等，确实不美，但那属于外表。外表美与内在美，可以是一致的，也可能是矛盾的并存。外表不美的，不能排除内在的美。著名诗人、翻译家陈敬容，在《〈巴黎圣母院〉译本序》中写道：“外表美好的，其心灵未必善良；外表丑陋的，其心灵未必不美，未必不善。敲钟人卡西莫多丑得出奇，而且显得非常凶恶，但他心灵的美和善则随着小说情节的开展而愈益突出”⑤。孔乙己的美，卡西莫多的美，都是内在美。

孔乙己之美，是残缺美。保存在法国卢浮宫的著名雕塑，“爱与美”之神：维纳斯女神像，集真、善、美于一身，被全世界热爱艺术与美的人们所敬仰，但她残缺双臂，人称“断臂女神”。断臂，并未影响她的艺术魅力，不影响她作为古代希腊雕刻的典型代表。孔乙己身上，存在着若干缺陷和毛病，比如，他有“坏脾气”，还“偶然做些偷窃的事”，等等。但从总体上看，他是一个好人，是值得肯定的读书人。孔乙己形象龌龊，还有毛病，自然不能相比于维纳斯女神，可两者也有共同点，就是：都具有残缺美。

孔乙己之美，是悲剧美。孔乙己的一生，无疑是一场悲剧。他活得卑微，鲁镇人视为玩物，戏耍对象；他死得凄惨，盘着两腿，陈尸于不知什么地方。但他决不是一无可取，毫无价值的读书人。鲁迅指出：“悲剧将人生的有价值的东西毁灭给人看，喜剧将那无价值的撕破给人看。”[6]文学典型孔乙己，对此做了形象的诠释与验证。

孔乙己之美，蕴含如此丰富，既往何以不曾发现，未见阐述？重要原因在于，一是认知有偏差，论者、教者从不正眼看他；二是欠缺审美观照。

法国美学家、雕塑大师罗丹说：“美是到处都有的。对于我们的眼睛，不是缺少美，而是缺少发现。”我国古代诗人，也早有提示。屈原《离骚》云：“何所独无芳草兮，尔何怀乎故宇？”苏轼吟道：“天涯何处无芳草”。三者含义相同。以此观之，在偏远闭塞的鲁镇，在咸亨这家小酒店，也不缺乏美，孔乙己就是一株“芳草”——开放在凉薄世界的美丽花朵。

从孔乙己之美，可以获得启示：即使公众心目中，“没有他,别人也便这么过"的小人物,苦人,如孔乙已者,同样不可藐视;没准,他就是你要苦苦寻求的美之所在。踏破铁鞋无觅处,得来全不费工夫。

注释:

①《现代汉语词典(第5版)》,商务印书馆,2005年第5版,第1050页。

②鲁迅:《文艺与革命》,《鲁迅全集》第4卷,人民文学出版社,1981年版,第83页。

③鲁迅:《忽然想到六》,《鲁迅全集》第3卷,人民文学出版社,1981年版,第45页。

④鲁迅:《文化偏至论》,《鲁迅全集》第1卷,人民文学出版社,1981年版,第51页。

⑤陈敬容:《〈巴黎圣母院〉译本序》,人民文学出版社,1990年版《巴黎圣母院》,第3页。

⑥鲁迅:《再论雷峰塔的倒掉》,《鲁迅全集》第1卷,人民文学出版社,1981年版,第192-193页。

孔乙己的个性

写这篇拙文，起因于对新版教学用书的阅读，文章题目，也取自教学用书。2019年春启用的《教师教学用书》(人教版，9年级下册)《孔乙己》一课，有两三处说到孔乙己的个性特征。由此引起兴趣，进而草此小文，一探究竟。

一　个性与共性

探讨个性，就不能不说到共性，个性与共性，本是相比较而存在。“《孔乙己》作者的主要用意，是在描写一般社会对于苦人的凉薄。”[①]这是说，孔乙己是一个苦人。鲁迅笔下人物，如阿Q、祥林嫂等等，都是苦人。孔乙己和他们有何共性？简言之，一、都生活在闭塞的浙东乡村。阿Q住未庄，孔乙己、祥林嫂生存于鲁镇，从民风习俗看，同属浙东地区。二、均身处病态社会。苦人的周遭环境，艰险而冷漠，人与人之间缺乏温情，却充斥着幸灾乐祸，甚至落井下石、互相作践。三、都饱受社会凉薄，尽管凉薄形式，各自遭遇相异。如，孔乙己每次到酒店，都被酒客戏耍，阿Q常受乡民欺辱，祥林嫂孩子被狼吃，鲁镇人作为动听故事，找她倾诉，以求心理满足，等等。

孔乙己、阿Q、祥林嫂等，同为乡间苦人，命运有相似处，但从身份、职业、教养看，分属于不同人物类型，不同社会群体。孔乙己自称读书人，以其言谈举止检验，能够证实，他说的是真话。阿Q无正当职业，游走于城乡，是失地农民。祥林嫂，不堪夫家人任意驱迫，是逃到镇里的村妇。这是身份、职业的区别。阿Q和祥林嫂，都不识字，没文化；孔乙己苦读经年，虽进学无路，潦倒终生，但受过传统文化熏陶。此为教养不同。这些，均属个性范畴。

鲁迅小说中，另有一个叫陈士成的，也是读书人，系《白光》的主人公。孔乙己与陈士成，两个旧时读书人，均生活在清末，都曾以寒窗苦读，科举应试，作为人生正路，却连半个秀才也捞不到。这是他们的共同点。区别是，对待科举的态度有差异。陈士成终生迷恋举业，几十年里，连考十六次也没有中试；孔乙己不执着，只是早年读过书，没有进学。人生结局也不同。陈士成因屡考屡败，最后在精神恍惚中，淹死于闪着白光的湖里，自己应负直接责任。孔乙己被丁举人打断腿，难以活下去，是鲁镇的权势者最终剥夺了他的生存权。

了解孔乙己与别的苦人，与其他读书人，有哪些相同、相异之处，这对于认识孔乙己的个性，是十分必要的。

二　个性与情节

人物个性，呈现在故事情节中，体现于为人处世与其他人物的矛盾纠葛中。新版教学用书说："读小说，首先要知道文中讲了一个怎样的故事。所以梳理小说的故事情节，是研读课文的第一步。"[②]据此，分析孔乙己的个性，应该从情节的梳理入手。

故事发生场所，是咸亨酒店。酒店人物，来去最多的是酒客，自然也少不了掌柜、伙计等人。故事情节，就产生于主人公孔乙己，与酒客、掌柜等人物的纷争、纠葛中。作者在极其俭省的篇幅里，用 13 个段落，3 个主要情节，表现其主要用意。下面，按先后顺序试予梳理。

第一个主要情节，发生在酒客与孔乙己之间。可称恃强凌弱的纷争（两场），一方人多势众，轮番上阵；一方单枪匹马，穷于招架。看课文第 4 段，酒客先挑事："孔乙己一到店，所有喝酒的人便都看着他笑"。一人叫道，"你脸上又添上新伤疤了！"随后，酒客一起高声嚷，"你一定又偷了人家的东西了！"孔乙己回应："凭空污人清白。"另一人立即出场，意图证实："我前天亲眼见你偷了何家的书，吊着打。"孔乙己强烈争辩："窃书不能算偷……窃书！……读书人的事，能算偷么？"又以"君子固穷"，"者乎"之类，应付酒客的围攻。以上是第一场纷争。第二场在第 6 段，也是一酒客先挑头："你当真认识字么？"孔乙己不理睬。酒客就齐出动："你怎的连半个秀才也捞不到呢？"孔乙己无法回答，再次以之乎者也回应。

第二个主要情节，发生在孔乙己和孩子之间，是一种不和谐的交流。第7段，叙孔乙己问小伙计"我"，读过书吗，想教他写字、认字。可"我"没兴趣，反应是："我想，讨饭一样的人，也配考我么？便回过脸去，不再理会。""我暗想我和掌柜的等级还很远呢，而且我们掌柜也从不将茴香豆上账；又好笑，又不耐烦，懒懒的答他道，'谁要你教，不是草头底下一个来回的回字么？'"乃至"我愈不耐烦了，努着嘴走远。"等等。第8段叙的是，邻舍孩子听到笑声，来赶热闹，围住了孔乙己。孔乙己分茴香豆给孩子吃，一人一颗，孩子吃了还想要，孔乙己没再给。于是，这一群孩子又在笑声里走散了。

第三个主要情节，是掌柜与孔乙己的纠葛：掌柜向孔乙己讨账，取笑孔乙己。显示的是，店主对"上帝"的鄙视。（第10、11段）可说者：一是，掌柜和酒客一样，经常戏弄、调笑孔乙己。二是，掌柜一直念叨，孔乙己"还欠十九个钱呢！"三是，最后取笑孔乙己，施以凉薄的，是掌柜其人：孔乙己被丁举人打断腿，最末一次到酒店喝酒，掌柜见了毫不关心，开口就催账，接着取笑孔乙己，引来几个人一起说笑，以孔乙己的凄惨遭遇为乐趣。孔乙己是酒店老顾客，可称资深"上帝"，掌柜却视之为低贱之人，全无尊重意思。

三　孔乙己的个性

情节是人物的性格史，分析人物个性，应以情节，尤其主要情节为依据。从孔乙己在上述主要情节中的表现，可以获知他的个性特征。

特征之一，抗拒社会凉薄。所谓“一般社会对于苦人的凉薄”，具体说，“一般社会”在酒店，体现为酒客、掌柜等人；“凉薄”就是欺凌与侮辱。不同苦人对待凉薄，态度各有不同，阿Q只求精神胜利，祥林嫂忍气吞声，孔乙己是抗拒，坚决抗拒。比如，酒客围攻他，极力嘲笑和戏弄，他的应对是不予理睬：“他不回答，对柜里说，‘温两碗酒，要一碟茴香豆。’”或即刻回击：“孔乙己睁大眼睛说，‘你怎么这样凭空污人清白……’”或激烈争辩：“窃书不能算偷……窃书！……读书人的事，能算偷么？”等等。面临掌柜催账，孔乙己神态颓唐，这是自责疏失的外化，表示“下回还清”。掌柜笑他“你又偷了东西了！”，他以“不要取笑！”抗议，态度鲜明而强烈。毕竟是读书人，孔乙己对人对己有清醒认识。

特征之二，维护自我尊严。孔乙己维护的是读书人的尊严。读书人，是孔乙己的自我定位。他爱书，重视读书：替人抄书，他随手带走的是书籍和纸张笔砚；有酒客证实，他从何家偷的也是书；他与酒客争辩，说窃书不能算偷东西，意思是，书不等于东西，窃书、读书，是读书人的事；与小伙计谈话，话题中心是读书、写字、认字……他看重读书人身份，不愿脱下长衫，因为长衫是读书人的标志。他站着喝酒，是为了区隔不读书的长衫主顾，不愿与之为伍。他以“君子固穷”，“者乎”之类，这些读来的文言语句，作为武器抵挡酒客，使其无言以对。实际说来，他之所以争辩酒客，抗议掌柜，本就是为了维护读书人的尊严，容不得凉薄。

特征之三，讲诚信有爱心。“他在我们店里，品行却比别人都好，就是从不拖欠……”这是故事叙述者“我”，对孔乙己的评价。从不拖欠，就是讲诚信，看重自己的品行，自尊自爱。孔乙己对孩子，有发自内心的关爱，无论是12岁的少年“我”，或者幼小的邻舍孩子。他对小伙计说了许多话，态度诚恳而殷切，尽管对方十分冷淡，不理解其良苦用心。说到最后，小伙计“我”依然毫不热心，孔乙己只是“叹一口气，显出极惋惜的样子”，并不埋怨，未流露出“不识好歹”的情绪。邻舍孩子天真可爱，孔乙己弯腰下去解释：“不多了，我已经不多了。”意思是，剩下的茴香豆，我还要用来下酒，不能再分了。这是平等、亲切的谈话，不是居高临下的训斥。其温和与真诚，形态可掬。

特征之四，性格缺陷明显。孔乙己是传统读书人，具有旧时读书人的通病，据故事叙述者评说，孔乙己一不会营生，二有好喝懒做的坏脾气。不会营生，导致他衣食无着，潦倒一生；好喝，使他成为酒店常客；懒做的表现，是又脏又破的长衫，似乎十多年没有补，也没有洗，等等。再就是，“免不了偶然做些偷窃的事”，此属个人缺陷，虽是没有法时，免不了偶然为之，但毕竟不合读书人行为规范，影响其形象，也给他带来严重的后果。在平日，是“皱纹间时常夹些伤痕”，如一次因窃书，被何家吊着打，而致脸上又添上新伤疤。在最后，是被打断腿：据酒客说法，孔乙己“自己发昏，竟偷到丁举人家里去了”，而忽略了“他家的东西，偷得的么？”孔乙己的悲剧命运，和他的性格缺陷密切相关，但不是决定因素。

四 “可怜而可笑的个性特征”？

《教师教学用书》（人教版）两处以“可怜而可笑”，表述孔乙己的个性特征。前一处说：“孔乙己那可怜而可笑的个性特征及其悲催结局，既是旧中国广大下层知识分子不幸命运的生动写照，又是中国封建传统文化氛围‘吃人’本质的具体表现。”后一处说：“孔乙己的悲惨命运既是整个社会环境逼迫的结果，也是他那可怜又可笑的个性特征所致……”（另有一处说，孔乙己的读书人形象，“既可怜又可气，既可叹又可悲”。）[3]说孔乙己“可怜而可笑”，值得商榷：

1.有违作者本意

“可怜”和“可笑”两形容词，属情绪语言而非科学语言，多用于对人或事做感性判断，不适用于科学鉴定，包括分析文学形象，评定人物性格。两词带有贬抑色彩，是一种消极、负面评价。阿Q的精神胜利，或陈士成迷恋科举，可说是“可怜而可笑”，因为作者所持是批判、否定态度。在《孔乙己》中作者批判、否定的是社会凉薄，不是苦人孔乙己，尽管他有严重缺陷。可见，说孔乙己“可怜而可笑”，不符合作者本意。

2.有失“顾及全篇”

鲁迅指出：“倘要论文，最好是顾及全篇，并且顾及作者的全人，以及他所处的社会状态，这才较为确凿。要不然，是很容易近乎说梦的。”[④]“顾及全篇”是说，评论作品应着眼全部情节，尤其主要情节。教学用书论证“可怜而可笑”，举出的实例有，“站着喝酒”“不肯脱下长衫”“满口之乎者也”“窃书不能算偷”，以及卖弄学识，而忽略小说的主要情节：酒客欺辱孔乙己，孔乙己关爱孩子，掌柜嘲笑孔乙己。这是以偏概全。

3.文本解读失当

教学用书把从“孔乙己是站着喝酒而穿长衫的唯一的人”到“于是这一群孩子都在笑声里走散了”（即上文所述第一、第二主要情节），划分为第一部分的第一层，说其中细节，“传神地刻画了孔乙己的迂腐性格，展示了他的不幸遭遇”[⑤]。这里的“迂腐性格”说，与“可怜而可笑的个性特征”说，是何关系？含义相同？——教学用书没有说明。而且，孔乙己抗拒酒客凉薄，关爱小伙计和邻舍孩子，这是刻画他迂腐？“展示了他的不幸遭遇”，又从何说起？如此解读，是对原意的明显曲解。

对照统编本《教师教学用书》，与此前多年使用版本，前者虽有修改，但主体内容和基本观点相同，没有改变。依据《孔乙己》的主要用意，以及鲁迅相关论述，细品《孔乙己》小说情节和文字，可以看出，《教师教学用书》对课文的解读是值得思考与商榷的。

注释：

①孙伏园：《鲁迅先生二三事·〈孔乙己〉》，见孙伏园、孙福熙：《孙氏兄弟谈鲁迅》，新星出版社，2006年版，第173页。

②人民教育出版社课程教材研究所中学语文课程教材研究中心：《义务教育教科书教师教学用书语文九年级下册》，人民教育出版社，2019年版，第58页。

③人民教育出版社课程教材研究所中学语文课程教材研究中心：《义务教育教科书教师教学用书语文九年级下册》，人民教育出版社，2019年版，第58、58-59、59页。

④鲁迅：《且介亭杂文二集·"题未定"草（六至九）》，《鲁迅全集》第6卷，人民文学出版社，1981年版，第430页。

⑤人民教育出版社课程教材研究所中学语文课程教材研究中心：《义务教育教科书教师教学用书语文九年级下册》，人民教育出版社，2019年版，第59页。

（《中学语文教学》2020年第3期）

孔乙己的逻辑

在鲁迅经典小说《孔乙己》中，主人公孔乙己有一句话："窃书不能算偷……"，可谓家喻户晓，久已成为名言。读者、教者乃至论者，各有认识，纷纷解读，而说法五花八门，莫衷一是。人们在生活中，也常常把偷书者，称为现代(或现实版)"孔乙己"予以谴责。实际上，孔乙己是被曲解、被冤枉的，那些说法、叫法，都与他的本意相左，不符合他的逻辑。曲解既久，是澄清的时候了。

一　不同的解读

上网检索"孔乙己窃书"，再查阅有关资料、著作，可看到各种解释、各种评论。这里略举几种。

1.网络资料：比较有代表性的解释是，"窃书不能算偷"，这说法是孔乙己自欺欺人；这句话，“将旧时代知识分子自命清高而又迂腐不堪的形象毕现无余”。[①]

但有网友据韩愈《阳城》：“好学，贫不能得书，乃求入集贤为书写吏，窃官书读之，昼夜不出。”解释“窃书”，不是指偷书，而是指偷读，即拿了人家的书去读。[②]

另有网友，据《镜花缘》第十九回：“此地把窃物之人叫作‘偷儿’，把偷书之人却叫作‘窃儿’；借物不还的叫作‘拐儿’，借书不还的叫作‘骗儿’。”解释：偷物叫作偷，偷书叫作窃，窃书听起来值得原谅，不那么刺耳。孔乙己纠正别人是“窃”，不是“偷”，还有显示自己才华的意思。[③]

2.教学参考书：一说，孔乙己故意卖弄斯文，“窃书不能算偷”，借此为自己开脱，似乎读书人所做的一切全高人一等；[④]一说，那“窃书不能算偷”的歪理谬论，显示出他对自己读书人“身份”近乎疯狂般的固守与痴迷；[⑤]等等。

3.学术著作：“由于孔乙己偷了何家的书被吊着打，因而脸上又添上新伤疤，人们揭发了这件事后孔乙己还以‘窃书不能算偷’来辩解，从而‘引得众人都哄笑起来：店内外充满了快活的空气。’”[⑥]

“孔乙己就连偷东西也要分等级，‘窃书不能算偷’，读书人偷书，偷东西，就与‘凡夫俗子’不同，就不算偷，这有多么迂腐可笑！”[⑦]

众说纷纭解“窃书”，由此可知大概。

二 被歪曲的孔乙己

以上列举的各种解读资料，说法虽异，但有一个共同点，都是针对"窃书不能算偷"，加以引申发挥，自说自话，自圆其说。粗看不无道理，实则与孔乙己无关。解读者面对的，是一个假想敌，不是孔乙己。因为，"窃书不能算偷"，这不是孔乙己说的话。认真阅读《孔乙己》文本可知，他的原句是："窃书不能算偷……窃书！"而"窃书不能算偷"，只是从原句截取的半句话，句子不完整。各种解读，皆为断章取义，与原话含义不符。

孔乙己之被歪曲，具体说来有三层意思。

第一层，截取的"窃书不能算偷"与原句"窃书不能算偷……"，其差别虽然只在有没有省略号，但含义明显不同。前者意思完整，是斩钉截铁的全称否定判断；后者不完整，"偷"字后面还有话。不过，省略号省略的是什么话("偷"什么)，孔乙己没说出口，有待读者体悟。

第二层，孤立地解读"窃书不能算偷"，忽略了此句后面还有"窃书"二字，以及感叹号"！"。句末的"窃书！"是什么意思，有什么作用，解读者不可忽略，而各种解读，均不管不问，好像不存在一样。

第三层，孤立地解读，脱离了上下文(如，孔乙己上句说的："你怎么这样凭空污人清白……"，以及下一句"……读书人的事，能算偷么？")即，脱离了孔乙己与酒客的争辩过程，双方语言交锋的具体情况。孔乙己说什么话，如何说，在其时其地是有所指的。单独解释“窃书不能算偷”，则全不管孔乙己当时的处境、他说话时的动机与目的。

三　孔乙己的逻辑

当时的具体情况如何？请细读文本：

孔乙己一到店，所有喝酒的人便都看着他笑，有的叫道，“孔乙己，你脸上又添上新伤疤了！”他不回答，对柜里说，“温两碗酒，要一碟茴香豆。”便排出九文大钱。他们又故意的高声嚷道，“你一定又偷了人家的东西了！”孔乙己睁大眼睛说，“你怎么这样凭空污人清白……”“什么清白？我前天亲眼见你偷了何家的书，吊着打。”孔乙己便涨红了脸，额上的青筋条条绽出，争辩道，“窃书不能算偷……窃书！……读书人的事，能算偷么？”接连便是难懂的话，什么“君子固穷”，什么“者乎”之类，引得众人都哄笑起来：店内外充满了快活的空气。

这里所写情节，是小说全文重点表现的，酒客挑逗、嘲笑孔乙己的第一场。喝酒的人因孔乙己到店而兴奋，戏要、挑逗立即开始。双方争斗进行几个回合，主要是：

第一回合，一个酒客先挑逗孔乙己：脸上有了新伤疤了！孔乙己不予理睬（伤疤在脸上，无法否认），只顾自己付钱，要酒要茴香豆。

第二回合，众酒客一起出动，他们由新伤疤判定，孔乙己又偷人家东西了！孔乙己的回应是坚决否认，反击对方：凭空污人清白。

第三回合，某酒客出面证实，孔乙己偷何家的书，被吊着打。孔乙己神态即刻变化，并以“窃书不能算偷……窃书！……读书人的事，能算偷么？”进行争辩，等等。

解读这场争斗，应注意：

第一，争斗的焦点是什么？焦点在于：孔乙己是否偷了人家的东西。对此，酒客们一致肯定，孔乙己则强烈否认。一酒客以所见事实（孔乙己偷书被吊着打），证明他确实偷了人家东西。孔乙己以“窃书不能算偷……”等语，继续争辩，意思是，自己没有偷人东西。双方交锋，全都围绕孔乙己是否偷东西展开。

第二，在争辩中，孔乙己说出口的，有三句话（不连后面的之乎者也）。第二句所说“窃书不能算偷……”与第一句，“你怎么这样凭空污人清白”，以及第三句“……读书人的事，能算偷么？”有什么关联？

第三，孔乙己原话：“窃书不能算偷……窃书！……读书人的事，能算偷么？”是什么意思？句中两处省略号，各省略了什么？为什么省略，不明白说出来。

根据小说文本，解读如下——

《孔乙己》的“主要用意，是在描写一般社会对于苦人的凉薄”[8]，文中，表现酒客对孔乙己施加“凉薄”，用了两个场面。第一场，由新伤疤引起，嘲笑孔乙己偷人家东西因而被打；中心话题，是孔乙己偷人东西。第二场，由孔乙己是否认识字挑起，嘲笑孔乙己连半个秀才也捞不到。话题中心是，孔乙己没有进学。在第一场，从反击酒客"凭空污人清白"（第一句），到"读书人的事，能算偷么"（第三句），孔乙己都是在辩驳：自己没有偷东西。

在是否偷东西问题上，孔乙己坚持，自己是清白的，没有偷东西；所以，他才理直气壮地反击对方，"你怎么这样凭空污人清白……"。某酒客证实，他偷何家的书，被吊着打。对此，他接受，承认，没有抵赖。但只承认是窃书（"偷"字难听，他改为文言词"窃"），不是偷东西。所谓"窃书不能算偷……窃书！"意思是，窃书不能认定为（"算"）偷东西，我没有偷东西，我是窃书！补全了，这句话是："窃书不能算偷东西，我只是窃书！"表明偷的是书，不是东西；感叹号"！"表示强调（"窃书"应是全句重音所在），起加强语气作用。后面一句"……读书人的事，能算偷么？"是对前句的补充，继续申说自己没有偷东西。补全了是："窃书是为了读，这是读书人的事，能算偷东西么？"这里，"窃书不能算偷东西"，虽是孔乙己所要强调的，但"窃书"毕竟不是光彩的事，所以他争辩起来，就不能理直气壮，干脆利落，只能含含糊糊，用省略句表示。

孔乙己作为读书人，在其观念里，书是用来阅读的，它与其他东西，比如，金银财宝等贵重物品，以及吃的、穿的、用的，等等，均不相同，就是说，书不能看作一般东西。这是他珍视书，珍视自己读书人身份的体现。所以，书不是东西，窃书不等于偷东西。这就是孔乙己的逻辑。

从社会生活看，孔乙己的话，他的观点，是有道理的。偷盗者，通常偷值钱财物，不偷书；只有对书感兴趣的某些读书人，才在特殊情况下（如，实在买不起，或买不到，而又意欲阅读的图书），将他人的（或书店、图书馆的）图书据为己有。偷书与偷东西，确实不能相提并论，等量齐观。

注释：

①小蜜枣. 孔乙己窃书（外一篇）[DB/OL][2019-01-09].mp.weixin.qq.com/s?__biz=MzIyMj.

②励志一生.著名文章读后感（二）[DB/OL][2019-01-09].https//www.1z13.cn/duhougan/152485.html.

③“窃书不能算偷”出处在哪儿？[DB/OL][2016-09-04].http://www.zhihu.com/question/24430685.

④人民教育出版社语文一室，编.教学参考书：第五册.[M].3版.北京：人民教育出版社，1987：176.

⑤课程教材研究所，中学语文课程教材研究中心，编著.教师教学用书：语文九年级下册[M].北京：人民教育出版社，2003：52.

⑥范伯群、曾华鹏：《鲁迅小说新论》，人民文学出版社，1986年版，第41页。

⑦林志浩：《鲁迅研究》（下），中国人民大学出版社，1988年版，第123页。

⑧孙伏园：《鲁迅先生二三事·〈孔乙己〉》，见孙伏园、孙福熙《孙氏兄弟谈鲁迅》，新星出版社，2006年版，第173页。

（《中学语文教学》2019年第2期）

《孔乙己》中的几种笑

——兼谈课后练习一及其说明

在《孔乙己》中，"笑"字频繁出现(粗略统计，全文有 14 个"笑")。孔乙己在笑声中出场，在笑声中走去，文中重要情节，都与笑有关。"笑"是关键词，理解与讲说《孔乙己》，不能忽略它。不过，文中有关笑的情节、场面，以及笑的主体，并不相同，应细加辨析，不可混同。就笑的主体(什么人发笑)而言，有四类人，即四种笑。

第一种，喝酒人的笑。其笑，出现在第四段（第 2 个"笑"）："孔乙己一到店，所有喝酒的人便都看着他笑"。在咸亨酒店喝酒的人，分短衣帮、长衫主顾两类，他们全看着孔乙己而发笑。为什么笑？或者问，他们笑什么？他们的笑，是孔乙己"到店"引起的。孔乙己一直是他们逗笑、取乐、耍活宝的对象，所以，他们一看见孔乙己就兴奋，进而发笑。

第二种，众人的哄笑。出现两次，先是在第四段末尾(第 3 个"笑")："什么'君子固穷'，什么'者乎'之类，引得众人都哄笑起来"；接着是第六段末尾(第 4 个"笑")："这回可是全是之乎者也之类，一些不懂了。在这时候，众人也都哄笑起来”。此“众人”,指所有在酒店内外的人,除喝酒的人(酒客)外,还有掌柜及小伙计,可能还有看热闹的。而主要构成是酒客,是他们逗引、戏弄孔乙己,使得孔乙己与之争辩,但酒客人多势众,孔乙己争辩不过,只好以之乎者也应对,于是引起众人哄笑。他们笑的是,孔乙己招架不住,有口难辩,笑他狼狈不堪,痛苦不已。

第三种,掌柜的引人发笑与取笑。出现在第七段(第6个“笑”):“掌柜见了孔乙己,也每每这样问他,引人发笑。”以及倒数第三段:“掌柜仍然同平常一样,笑着对他说”(第10个“笑”),还有“‘取笑?要是不偷,怎么会打断腿?’”(第12个“笑”)以及“此时已经聚集了几个人,便和掌柜都笑了。”(第13个“笑”)他有四个笑,笑得最多。掌柜引人发笑,是为活跃酒店气氛,吸引酒客到店喝酒,是一种生意经;他的取笑,就是为了引人发笑,招来顾客。

第四种,小伙计的“附和着笑”与感到“好笑”。出现在第七段(第5个“笑”):“在这些时候,我可以附和着笑,掌柜是决不责备的。”第三段(第1个“笑”):“只有孔乙己到店,才可以笑几声,所以至今还记得。”小伙计还有一个“好笑”:“又好笑,又不耐烦,懒懒的答他道”(第7个“笑”)。小伙计所谓“附和着笑”,是说跟随众人的哄笑,一起笑几声,这是在“有些单调,有些无聊”“教人活泼不得”的生活中偶尔的放松。他之所以感到孔乙己“好笑”,是因为孔乙己不了解:“我和掌柜的等级还很远呢,而且我们掌柜也从不将茴香豆上账”。

在上述四种笑之外,孔乙己说了一个“取笑”:倒数第三段的“(他)单说了一句‘不要取笑’”(第11个“笑”)。另有三个“笑声”:第八段的“有几回,邻舍孩子听得笑声,也赶热闹,围住了孔乙己。”(第8个“笑”)与“于是这一群孩子都在笑声里走散了”(第9个“笑”),倒数第三段的“他喝完酒,便又在旁人的说笑声中,坐着用这手慢慢走去了。”(第14个“笑”)。前两个“笑声”,发自众人;后一个“说笑声”,属于掌柜和“几个人”。

以上引述的,就是《孔乙己》中笑的不同主体,不同内容,不同性质;尽管笑的对象,都是孔乙己,或因孔乙己而笑。如依照人物区分:一是酒客与掌柜,他们笑孔乙己脸上添了新伤疤,偷东西被吊着打,连半个秀才也捞不到,被打断腿……即,笑孔乙己肉体与精神的伤痛,从孔乙己的伤痛中,取得某种快慰与欢乐。所以这种笑,是嘲笑、取笑,是恶意的笑。二是小伙计,他的笑,是赔笑、拾笑,在众人齐笑时,自己也随着笑一笑,并无恶意。三是邻居孩子,他们听到笑声而来,又在笑声里走散,他们自己没有笑,更没有笑孔乙己。

《孔乙己》的“主要用意,是在描写一般社会对于苦人的凉薄”。(孙伏园转述鲁迅的意见)。这种“对于苦人的凉薄”,就表现为酒客与掌柜之流(即一般社会),对潦倒的读书人孔乙己,不但毫无同情心,反而戏耍、欺凌他,他们由此得到一时的快乐,填补一下空虚的心灵,温暖一点麻木的神经。

下面讨论课后练习一及《教师教学用书》的相关说明。

现行课本的课后,有“研讨与练习”四题。第一题是:“小说中有几处写到众人的哄笑?他们为什么而笑?作者用众人的笑来贯穿孔乙己的故事，有什么用意？”一题三问。

应该说，此练习题对于理解课文，是有意义的。问题在于，如何回答此题的三问。与课本配套的《教师教学用书》（人教版），是老师的教学依据、重要参考。此书如何回答？

《教师教学用书》的“练习说明”，对第一问的说明：“小说有四处写到众人的哄笑，一处是第四段，一处是第六段，一处是第八段，一处是倒数第三段。四次哄笑，描写的实际上是众人的四次戏弄、嘲笑孔乙己的情景……”

这明显与《孔乙己》内容不符。上文已摘引，众人哄笑只有第四段、六段两处；两次哄笑，取得相同的效果：“店内外充满了快活的空气”。而第八段与倒数第三段，写的并非哄笑。第八段写邻居孩子，被笑声吸引，来赶热闹，围住孔乙己；他们吃了孔乙己给的茴香豆，都在笑声里走散了。这里没有哄笑，只有两个笑声：前一笑声，是前面哄笑的余音；后一笑声，由孔乙己所说“多乎哉？不多也。”引起，是一些酒客的笑，但没有形成哄笑，也没有达到“店内外充满了快活的空气”。倒数第3段的笑情况相似，只是掌柜和几个人的笑与说笑，够不上哄笑。再者，把文中的笑，通通看成哄笑，就抹杀了不同笑的性质与区别，把孩子（小伙计与邻居孩子）与酒客、掌柜之流混为一谈，而孩子们并没有戏弄、嘲笑孔乙己。

对第二问（他们为什么而笑？）“练习说明”有云：“在短衣帮的心目中也以为既然‘学而优则仕’，那么连半个秀才也捞不到的孔乙己当然是劣货，只值得奚落和取笑。……所以他们对孔乙己这样一个不幸者不但没有同情和帮助，相反只知道哄笑取乐，在他们劳累而苦闷的生涯中寻求片刻的快乐。”即认为，哄笑孔乙己的，仅是短衣帮，排除了长衫主顾。可文中说的是，“所有喝酒的人便都看着他笑”，“众人都哄笑起来”，并未区分短衣帮和长衫主顾。两者比较，短衣帮只是“靠柜外站着，热热的喝了休息”，长衫主顾则“踱进店面隔壁的房子里，要酒要菜，慢慢地坐喝”，后者自然更有余裕和心情，尽情戏弄、凌辱孔乙己。

第三问（有什么用意），“练习说明”仅从写作方法解读：众人的哄笑“烘托和加强了小说的悲剧效果”，“以乐境写哀，更令人悲哀”。这就忽略了它的思想意义：表明社会对苦人凉薄的严重性、普遍性；要改造国民性，任务是艰巨而长久的。

（《中学语文教学》2018年第12期）

《孔乙己》中两个"我"

《孔乙己》的人物，除去主人公孔乙己，出场的还有：酒店掌柜、喝酒的人、众人、邻舍孩子，"几个人"（"此时已经聚集了几个人"的"几个人"）等。作为故事叙述人的"我"，也是出场人物。对"我"，读者和研究者往往有所忽略。这影响了对小说的准确理解。

小说中的"我"，实际有两个。一个是，"从十二岁起，便在镇口的咸亨酒店里当伙计"的"我"，这个当伙计的"我"，在作品里出现最多；一个在篇末，"我到现在终于没有见"的"我"，是过了"二十多年"后的"我"，只"露面"这一次。两个"我"，不仅年龄不同，身份有别（后一个"我"，是真"做掌柜"了，还是从事别的"营生"，小说没交代），而且，对人对事的看法，也有很大变化。毕竟当年的十二岁伙计，已是三十多岁的成年人。但读者、研究者对这两个"我"，统称为"小伙计"，严格说这是不确切的。为便于区别，下文分称少年"我"和成人"我"。

孔乙己是小说的中心人物，其形象、遭遇，以及性格特点，是通过他与其他人物，包括两个“我”，发生的各种不同杯葛、纠结、矛盾、斗争等，得以呈现的。在这里，单说两个“我”与孔乙己的交集。

少年“我”与孔乙己

“我”字在全文13段中，共出现24次，其中，前面有20个“我”，指的是当伙计的“我”，即少年“我”。少年“我”与孔乙己的关系，有以下三种情况，也可以说是三个阶段：

一、孔乙己来到酒店，“我”可以笑几声（前4个“我”）。这是两人关系之始。小说前3段，讲述酒店格局，以及“我”初到店里的职务安排：专管温酒。这是一种单调而无聊的差事，一如他自述的：“虽然没有什么失职，但总觉有些单调，有些无聊。”而店里的人，又都冰冷冰冷的，所以“我”心情不畅，整天感到压抑、郁闷。这种状况，因孔乙己的到来而短暂改变，“掌柜是一副凶脸孔，主顾也没有好声气，教人活泼不得；只有孔乙己到店，才可以笑几声”（这里的“笑几声”，就是后文说的，“附和着笑”）。此时的“我”刚来酒店，与孔乙己还没有直接来往，但这种“笑几声”，成为“我”的长久记忆。

二、孔乙己教“我”写字（中间10个“我〔们〕”）。这是在以后，两人的一次直接接触，是在孔乙己“只好向孩子说话”的情况下，两人进行的一番谈话（第7段）。这次交往，孔乙己诚恳而亲切，先问“我”：“你读过书么？”再问“茴香豆的茴字,怎样写的?”并表示:“不能写罢?……我教给你,记着!这些字应该记着。将来做掌柜的时候,写账要用。”最后问,“回字有四样写法,你知道么?”如此热心教“我”写字、认字,但是,“我”态度冷淡,爱理不理的,这使孔乙己很失望。在咸亨酒店,两人本有共同点,就是都很孤独,但孔乙己处境更险恶,老是受欺负,被嘲笑。“我”对孔乙己的冷,是在酒店环境下,受到耳濡目染所致,但与酒客、掌柜不同,“我”没有戏耍、嘲笑孔乙己。不能把“我”与酒客、掌柜之流混为一谈,要区分开。

三、“我”关注被打断腿的孔乙己(后6个“我”)。这是两人又一次接触(第10、11段)。孔乙己被丁举人打断腿,最后来酒店买酒喝。此时,掌柜急着向孔乙己讨账,又取笑他腿被打断。“我”的态度相反,关注孔乙己的惨状:“脸上黑而且瘦,已经不成样子;穿一件破夹袄,盘着两腿,下面垫一个蒲包,用草绳在肩上挂住”;“他从破衣袋里摸出四文大钱,放在我手里,见他满手是泥,原来他便用这手走来的。”对孔乙己的遭遇,“我”很是同情,温一碗酒端给他喝。孔乙己喝完酒,“我”又目送他,“喝完酒,便又在旁人的说笑声中,坐着用这手慢慢走去了。”嗣后,关注变为牵挂:“长久没有看见孔乙己”,“再到年关也没有看见他”,“大约孔乙己的确死了”。

以上,从没有直接接触,到冷淡对待,再到关注与牵挂,这就是做伙计的“我”,与孔乙己的交往过程。大致时间,约有一年多到两三年吧,也就是孔乙己死前两三年时期。

成人“我”与孔乙己

小说末尾，“我到现在终于没有见”的“我”，就是成人“我”：过了“二十多年”，原先那个 12 岁的伙计。其实，整个孔乙己的故事，都是成人“我”叙述的，全篇皆为他说的话，只不过隐身起来罢了。值得注意的是，此“我”与孔乙己是什么关系，也就是说，他怎样讲孔乙己的故事。

第一，描述孔乙己是如何被欺侮、被残害的。在咸亨酒店，孔乙己经常受到酒客（两类酒客，包括短衣帮，以及长衫主顾）百般的欺侮、逗引和嘲笑，把他当猴子一样戏耍，乐此不疲。这种戏耍，作品写了两场。每一场，孔乙己都狼狈不堪，十分痛苦。同时，掌柜也不放过孔乙己，“掌柜见了孔乙己，也每每这样问他，引人发笑。”这种状况持续多年，直至孔乙己被丁举人打断腿，还被掌柜取笑。孔乙己受到的残害，主要是丁举人的毒打，以及经常性的，类似何家的吊着打，等等，是对孔乙己的人身摧残。打断腿，更是致命一击，使孔乙己无法自主行动，不能正常生活，最终失去生命。孔乙己的后半生，是在精神压迫、肉体残害下度过的，他死无葬身之地。

第二，述说孔乙己关爱孩子的两个小故事。一个是，孔乙己教少年“我”写字的故事，已见上文记述。另一个是，孔乙己有几回给邻舍孩子茴香豆吃的故事。邻舍孩子是幼童，天真无邪。他们听到笑声，来赶热闹，围住孔乙己。孔乙己就拿自己不多的茴香豆，分给他们，一人一颗。“孩子吃完豆，仍然不散，眼睛都望着碟子。”意思是，还想要。孔乙己“弯腰下去说道，‘不多了，我已经不多了。’”表示不能再给了。他为与小孩子的交流，感到快乐，自我调侃道：多乎哉？不多也。这样的事，发生在潦倒的读书人孔乙己身上，而且一次再次，很是难能可贵。关爱孩子，是他为人的积极一面。

第三，介绍孔乙己的身世、坏脾气和好品行。孔乙己早年读过书，但没有进学。因为不会营生，日子愈过愈穷。曾经替人家抄书，换一碗饭吃，可是这种事他干不长。原因在于，他有好喝懒做的坏脾气。实在没法时，他偶然做些偷窃的事。孔乙己也有其长处，在咸亨酒店里，品行比别人都好：他从不拖欠，即使间或没有现钱，暂时记在粉板上，但不出一月，必定还清，从粉板上拭去名字。在介绍中，“我”明显表现出，对孔乙己的爱护偏袒倾向，一方面称赞孔乙己的长处，另一方面，在话语中，尽量减少其不良行为的严重性。如关于偷窃，他说的是，孔乙己“没有法，便免不了偶然做些偷窃的事”。

成人“我”叙述的以上几个方面，构成孔乙己的整体形象：一个生活在社会边缘的读书人，穷愁潦倒，备受凌辱和伤害，但保持着读书人的良好品行。鲁迅说：“我的取材，多采自病态社会的不幸的人们中，意思是在揭出病苦，引起疗救的注意。”①孔乙己就是一个不幸的人，值得人们同情。

《孔乙己》中“我”的独特性

鲁迅小说集《呐喊》《彷徨》中，有多篇作品使用第一人称写法，即文中有“我”作为出场人物。《孔乙己》中的“我”，与鲁迅其他篇什中的“我”，有很大不同。如，《故乡》写“我”与全家人迁居，就此离开故乡的故事。篇中的“我”，大体上就是鲁迅。《社戏》一篇，记叙“我”和农村孩子的交往，“我”的原型，实为少年周树人，等等。《孔乙己》中的“我”，与鲁迅毫无关系。鲁迅既未曾到酒店，做过少年伙计，也不是那个20多年后，长大了的酒店学徒。在小说里，“我”既是孔乙己故事的叙述人，又是孔乙己人品和性格的评价者。从根本上说，鲁迅正是藉由“我”，讲述了潦倒读书人孔乙己的故事，描写其悲惨遭遇，凄凉人生，表达对社会、对公众的一种看法：为什么这样对待一个不幸的人？

至于《孔乙己》中的“我”，为何是两个，而不像其他诸篇那样，只有一个“我”？这不难解释：少年“我”，是酒店现场亲历者、参与者，是孔乙己遭遇的见证人，最了解情况的人；成人“我”，有了20多年的阅历，看人看事比较成熟，叙述往事不仅真实可信，而且确切全面，更可以做作者的“代言人”。如此设置人物及其关系，正是小说艺术构思的巧妙之处。

注释：

①鲁迅：《南腔北调集·我怎么做起小说来》，《鲁迅全集》第4卷，人民文学出版社，1981年版，第512页。

（《语文教学之友》2019年第2期）

孔乙己为什么站着喝酒

鲁迅的经典小说《孔乙己》中，有一句意蕴深长的话："孔乙己是站着喝酒而穿长衫的唯一的人。"细心读这篇小说的读者，都会注意到这句话。学者的研究与老师的教学，更会重点分析这一句的意义，尤其是"站着喝酒"这姿势。孔乙己为什么站着喝酒呢？现行《教师教学用书》提供的答案是："他（孔乙己）'站着喝酒'已说明自己根本就没有资格像那些身穿长衫的阔绰者一样，踱进酒店去慢慢地'坐喝'，只能与'短衣帮'为伍。"[①]很明显，回答的重点在于，"根本就没有资格"。是否如此，这值得讨论。

应该首先了解"站着喝酒"，实际是怎么回事。在小说首段的开头，第二句，相关文字如下：

> 做工的人，傍午傍晚散了工，每每花四文铜钱，买一碗酒，——这是二十多年前的事，现在每碗要涨到十文，——靠柜外站着，热热的喝了休息；倘肯多花一文，便可以买一碟盐煮笋，或者茴香豆，做下酒物了，如果

出到十几文，那就能买一样荤菜，但这些顾客，多是短衣帮，大抵没有这样阔绰。只有穿长衫的，才踱进店面隔壁的房子里，要酒要菜，慢慢地坐喝。

这里说，站着喝酒的，是短衣帮，即做工的人(下地干活的农民)。他们买一碗酒，“热热的喝”，目的是“休息”。而且，他们已经干了半天活，收工后到酒店买酒喝，喝完就要回家(回去吃饭，家里还有事)，在家可以更好地休息。如此，“靠柜外站着”喝，就最适合，可节省时间。这就与“穿长衫的”酒客，有根本不同。长衫酒客，一不要做工，无所谓休息，他们整天都在“休息”，二不要那么“热热”地喝，不急着回家(家里也没什么事)，所以，“才踱进店面隔壁的房子里”，“慢慢地坐喝”(“慢慢”与“热热”相对应)。就这两点而言，孔乙己与其他长衫主顾之间情况相同，不存在坐下喝够不够“资格”的差别。如果说，“要酒要菜”是“坐喝”的资格，那孔乙己也具备，他“温两碗酒，要一碟茴香豆”，不就是“要酒要菜”吗？或者说，“买一样荤菜”才有资格。可原文说的是，“只有穿长衫的，才踱进店面隔壁的房子里，要酒要菜，慢慢地坐喝。”没有说，需要“买一样荤菜”，才可以踱进店面隔壁坐着喝。(文中提及买荤菜的事，另有用意，拙文不讨论。)这是酒客方面。另一方面，即掌柜方面，他开店的目的是卖酒赚钱，至于酒客是站着喝，还是坐着喝，对他都无所谓，听由酒客自便，无须限制资格，哪些人只能站着喝，哪些人才可以坐着喝。(从后文所写，只有“一个喝酒的人”，以及“没有一个顾客”的情况看，喝酒的人并不很多，不存在座位不足。)据此,《教师教学用书》的解释,所谓孔乙己“根本就没有资格”坐喝云云,并非真正原因。

那么,孔乙己究竟为什么站着喝酒？其实,小说原文已经写出了真实原因,而且是一次再次地写明原因:第一次在原文第4段,第二次在第5段。

原文第4段,在描写人物外貌,并交代孔乙己名称来源后,写道:

> 孔乙己一到店, 所有喝酒的人便都看着他笑,有的叫道,“孔乙己,你脸上又添上新伤疤了！”他不回答,对柜里说,“温两碗酒,要一碟茴香豆。”便排出九文大钱。他们又故意的高声嚷道,“你一定又偷了人家的东西了！”孔乙己睁大眼睛说,“你怎么这样凭空污人清白……”“什么清白？我前天亲眼见你偷了何家的书,吊着打。”孔乙己便涨红了脸,额上的青筋条条绽出, 争辩道,“窃书不能算偷……窃书！……读书人的事,能算偷么？”接连便是难懂的话,什么“君子固穷”,什么“者乎”之类,引得众人都哄笑起来:店内外充满了快活的空气。

这里写的是,孔乙己刚进店,包括长衫主顾在内的全体酒客,就“都看着他笑”。他们为什么笑?因为“乐子”来了!他们笑什么?笑的是,孔乙己“脸上又添上新伤疤了”,他“又偷了人家的东西了”,他“偷了何家的书,吊着打”,等等。这一连串的嘲笑,劈头盖脸打来,孔乙己难以招架。他只能“涨红了脸，额上的青筋条条绽出”，极力争辩，又说些“难懂的话”，引得众人哄笑，“店内外充满了快活的空气”。面对此情此景，孔乙己当然明白，酒客们是在明目张胆地戏耍他，欺负他。

不是到此为止，这种嘲笑、欺负的戏，还在继续上演。接着是第二次所写，即第5段：

> 孔乙己喝过半碗酒，涨红的脸色渐渐复了原，旁人便又问道，“孔乙己，你当真认识字么？”孔乙己看着问他的人，显出不屑置辩的神气。他们便接着说道，“你怎的连半个秀才也捞不到呢？”孔乙己立刻显出颓唐不安模样，脸上笼上了一层灰色，嘴里说些话；这回可是全是之乎者也之类，一些不懂了。在这时候，众人也都哄笑起来：店内外充满了快活的空气。

如果说上一场戏耍，以眼前的事(孔乙己脸上又添新伤疤，被吊着打)做逗引的材料，这后面一场，是拿过去的事(连半个秀才也捞不到，即没有进学)继续嘲笑、欺负他。这次，孔乙己的反应是，“立刻显出颓唐不安模样，脸上笼上了一层灰色”，又说些之乎者也难懂的话，再次引起一番哄笑，“店内外充满了快活的空气”。

比较上述两场戏耍，可以明显看出，酒客们不顾孔乙己的感受，连一碗酒也不让孔乙己好好喝。如前一场所写，孔乙己虽然买了两碗酒，要一碟茴香豆，可没等他喝一口酒，吃一颗茴香豆，那些人就不依不饶的，争抢着嘲弄他。在众人哄笑之后，好不容易消停片刻，孔乙己才得以“喝过半碗酒”，脸色渐渐复原，可下一场戏要接着来了，又是一番嘲笑与欺辱。如此险恶的境遇，孔乙己的内心痛苦是可想而知的。

酒客与孔乙己，冰火不相容，“汉贼不两立”，这就是小说描写的，孔乙己与其他酒客的关系。很明显，在酒客心目中，孔乙己不过是一个玩物，好像供戏耍的猴子一样，怎能和他平起平坐？所以排斥孔乙己也坐在店面隔壁，他只能站着喝。孔乙己呢，“惹不起躲得起”，从感情上、心理上排拒那些酒客，更不愿和那些人坐在一起。他头脑清醒，虽然都是“穿长衫的”，却壁垒分明，必须保持距离，避免侵扰。所以，每次来酒店，孔乙己都靠柜外站着，与短衣帮为伍。不同之处在于，他是慢慢地喝酒，不像短衣帮那样，是“热热的喝”。

孔乙己站着喝酒的原因，是不是这样？值得进一步思考的是，小说为什么突出写明孔乙己是站着喝酒的？愚以为，如此处理的缘故，即深刻意义是——

一、从作品思想看，加强了凉薄与反凉薄的矛盾。“凉薄”之说，出自孙伏园对鲁迅本意的转述：“《孔乙己》作者的主要用意，是在描写一般社会对于苦人的凉薄。”[②]酒客们对孔乙己的嘲笑、欺辱，等等，就是强加凉薄于苦人（潦倒的读书人）的事实呈现。孔乙己对所受凉薄，则持坚决抗拒态度。凉薄与反凉薄的对立，尖锐而强烈，即使同在酒店喝酒，都是长衫主顾，却无法坐在一起。

二、从艺术表现看，对于形象刻画，可取得人物之间以及人物自身鲜明对比的效果。人物之间的对比，就是那些

“踱进店面隔壁的房子里，要酒要菜，慢慢地坐喝”的长衫主顾，与站着喝酒的孔乙己之间两者的对比。人物自身的对比，是孔乙己从身材很高大，站着喝酒，到弯下腰去，与邻舍孩子对话，显现其对幼小者的爱心，再到盘着两腿，满手是泥，坐着喝酒——竟是坐在柜台外的地上，前后反差何其巨大，人物结局何其悲惨。

注释：

①人民教育出版社课程教材研究所中学语文课程教材研究中心：《义务教育教科书教师教学用书语文九年级下册》，人民教育出版社，2019年版，第59页。

②孙伏园：《鲁迅先生二三事·〈孔乙己〉》，见孙伏园、孙福熙：《孙氏兄弟谈鲁迅》，新星出版社，2006年版，第173页。

《孔乙己》的金句

金句是近年出现的新词,《现代汉语词典》查不到,《现代汉语常用词表(草案)》未收。拙文所谓金句,指经典作品中一些重要而值得品味的语句。备课《孔乙己》,应该注意其中的金句。叶圣陶先生写过一篇文章:《〈孔乙己〉中的一句话》。如题目所示,此文是对《孔乙己》中某金句所做的分析与议论。这里,谨效法叶先生的先例,选课文中几个这样的句子,试做一次解析。

一、"孔乙己是站着喝酒而穿长衫的唯一的人。"(第4段)

此句在第4段的段首,是对上段的承接。第3段最后说,"只有孔乙己到店,才可以笑几声",第一次提到孔乙己的名字;第4段紧接着,也是从这句开始,对孔乙己进行多方面描写。这一句可作为本段的段意,也是对孔乙己的总写,具有提示作用。

这句写孔乙己的独特性。解读这个句子,要回答:孔乙己为什么“站着喝酒而穿长衫”？小说开头写到，在酒店喝酒的人，有“靠柜外站着”喝的，有“慢慢地坐喝”的，分两种酒客，两种身份。前一种是短衣帮，后一种指穿长衫的。孔乙己喝酒的方式（姿势），和前者相同，也站在一起，但他身穿长衫，又和后者一致。他既不是短衣帮，又有别于那些穿长衫的，成为特殊酒客。细细比较，孔乙己和短衣帮不同：短衣帮“花四文铜钱，买一碗酒”，孔乙己花九文钱，“温两碗酒，要一碟茴香豆”，说明经济状况相异；短衣帮是“热热的喝了休息”，孔乙己喝酒不是为了休息，也不必急着喝。孔乙己既然穿长衫（这是读书人的身份标志），当然属于长衫主顾，本可以“踱进店面隔壁的房子里，要酒要菜，慢慢地坐喝”，但他宁肯站着喝而不踱进隔壁，是特意和那些人区分开来。句中“唯一”，强调他是独特酒客，别无第二人。

从形象塑造看，这句话显示出，孔乙己作为主人公，迥异于其他人物。

二、“孔乙己一到店，所有喝酒的人便都看着他笑……”（第4段）

据鲁迅弟子孙伏园转述：“《孔乙己》作者的主要用意，是在描写一般社会对于苦人的凉薄。”[①]小说所写凉薄，体现于酒客和掌柜等人，对他们的描写，有先有后，各有不同。

第4段的主要内容，是写酒客对孔乙己的凉薄，表现为挑逗、嘲笑、讥讽。这一句写明，从孔乙己进到酒店，酒客的挑逗、嘲笑等，即刻开始。“一到店”的“一”，“含有‘每一、凡是’的意思”[②]。就是说，酒客的嘲笑是经常性的，每一次孔乙己到店，都会发生。“所有喝酒的人”，包括短衣帮和长衫主顾两种人。“看着他笑”，显示笑的原因和对象，全在孔乙己。潦倒的读书人孔乙己，从来都是酒客们戏耍的对象，所以看到孔乙己，他们就高兴得笑起来。

应探究：嘲笑孔乙己的是哪些酒客？有的论文、资料说，嘲笑孔乙己的是短衣帮，长衫主顾不在内。如，人教版《教师教学用书》的说明：“在短衣帮的心目中以为既然‘学而优则仕’，那么连半个秀才也捞不到的孔乙己当然是劣货，只值得奚落和取笑。”[3]这明显与小说原文不符：“所有”喝酒的人，“都”看着他笑，不能排除长衫主顾。短衣帮来去匆匆，喝完一碗酒就要回家吃饭、休息；长衫主顾可以长时间泡在酒店，也更有兴致戏耍孔乙己，他们是嘲笑者主体。

三、“窃书不能算偷……窃书！……读书人的事，能算偷么？”（第4段）

这是孔乙己说的话，这两句话是在与酒客争辩时说的。两句的意思都不完整，用了省略号。前一句，孔乙己要说什么？即，“偷”字后面，省略了什么？根据上下文分析，省略的是“东西”和“我是”。如果说完全是：“窃书不能算偷东西，我是窃书！”后一句说全了是：“窃书是读书人的事，能算偷么？”或者：“这是读书人的事，能算偷么？”

前一句一直被误解，论者截取前半句“窃书不能算偷”，断言孔乙己不承认偷书，是自欺欺人，等等。如《教师教学用书》的“课文研讨”，说及“那‘窃书不能算偷’的歪理谬论”[4]，怎样怎样。可孔乙己原话是：“窃书不能算偷……窃书！”就

“窃书不能算偷”发议论，是断章取义，误解语意。其他一些论文、资料，多是如此误解，冤枉了孔乙己。

这两句话对于正确理解作品，分析孔乙己形象，具有重要意义：1.表现出孔乙己抗拒凉薄。他对酒客的挑逗、嘲笑等（属语言暴力），坚决抗争，强烈争辩。2.为人诚实。酒客出面证实，说他偷了何家的书。他立即接受，承认窃书（“偷”不好听，改为“窃”），不支吾、不否认。3.重视书，重视读书。“窃书不能算偷（东西）”，是说：书就是书，书是用来读的，不能等同于一般东西。4.“读书人的事”，以读书人自我定位，珍视这一身份。

四、“但他在我们店里，品行却比别人都好，就是从不拖欠。”（第5段）

这句话，出自第5段的补叙，是叙述人对孔乙己的评价。据辞书解释，“品行”的意思是：有关道德的行为。“品行却比别人都好”表明，孔乙己的人品，超过酒店里的掌柜、伙计、短衣帮、长衫主顾，等等。这是积极、正面的评价。从人物关系看，在酒店中，孔乙己是唯一的受害者，酒客、掌柜等人，都是伤害（精神伤害，即凉薄）孔乙己的施害者。孔乙己不但没有伤害他人，反而表现出良好的品行。“从不拖欠”，就是讲究诚信。孔乙己关爱孩子，教“我”认字、写字，给邻舍孩子茴香豆吃，等等，这在酒店里，也是独一无二的。可见，叙述人的评价，符合事实，很恰当。

叙述人“我”，为什么如此评价孔乙己？因为感同身受，他当年的境遇，与孔乙己有相似之处：掌柜、酒客等人，都不把他看在眼里，生活单调、无聊，“活泼不得”。他是孔乙己受害、孔乙己言行的目击者、见证人。他的话客观、公正、可信。

叙述人这句话，对于正确看待孔乙己，认识“我”与孔乙己的关系，都很重要，不可忽略。潦倒的读书人，备受欺凌，挣扎在社会底层，却保持着良好的品行——鲁迅通过叙述人的评价，含蓄地表达了对知识者的期许。

五、“孔乙己是这样的使人快活，可是没有他，别人也便这么过。”（第8段）

叶圣陶先生《〈孔乙己〉中的一句话》，指的“一句话”，就是这一句。叶文的大意见于文末：“它（即这句话）在结构上是必要的，在作用上是能够增加效果的。”据文章阐述，从前一部分的平叙转到后一部分的直叙，插入这一句，“一方面把以前的平叙总结一下……一方面又给前后两部分立一个明显的界限。”这就是结构的必要。增加效果是指，这句话表明，“孔乙己只是一件可以取笑的引人发笑的资料”，“不幸的人在一般人心里这样的没有地位”。⑤

可以补充的是，这一句中的“人”“别人”，指什么人。第6段最后一句说：“在这时候，众人也都哄笑起来：店内外充满了快活的空气。”第4段的末句，与此句类似。这几处的“快活”含义相同；所谓“人”“别人”，就是指“众人”。众人的主体是酒客，包括掌柜、伙计等在店内的人，还有站在店外看笑话的人。这些人——也就是鲁镇人，都因孔乙己而快活。

“一般社会对于苦人的凉薄”的“一般社会”，在小说中表现为鲁镇的人们。这些人并非恶人、坏人，都是普通人，包括下地干活的农民。他们通通由孔乙己的苦难获得短暂的快活;而没有孔乙己,他们照样过日子。一个潦倒、悲惨的读书人,在他们眼里,微不足道,可有可无。这一句,体现了孔乙己悲剧的深刻性、普遍性,引人思索。

六、"我到现在终于没有见——大约孔乙己的确死了。"(第13段)

这是小说最后一句,也是全文的第13段。一句话作为一段,并以此结束全文,其意义显而易见。

先品味句中词语。"我"是谁?不是12岁的小伙计,而是叙述人。全篇有24个"我",前23个都是小伙计,只有最后这个"我",不再是当年的小伙计。"现在"是什么时候?与开头"这是二十多年前的事"呼应,是20多年后的当下。"终于没有见",承接上段"再到年关也没有看见他":又等了20多年,一直没有看见他,含有"以后也不可能看见,不再等了"的意思。"大约孔乙己的确死了",这是最后陈述,交代人物结局。"大约"与"的确",似乎矛盾,实际各有所指。所谓"活着见人,死了见尸",没有实证,属于推断,只能用"大约"。"的确"是照应第10段,那个喝酒人说的"许是死了",最后予以肯定。

这个结尾段,就结构安排而言,故事收束得圆满。全文的叙述,从现在开始,中间回叙旧事,最后又回到现在,首尾呼应,结构严密。叙述中的悬念、疑问,有交代,有结果,事情清楚明白,读者不存疑惑。就表现人物而言,孔乙己虽然已经死去,但对于叙述人"我",以及"我"与孔乙己的关系,却是增加重重一笔:"我"对孔乙己的牵挂延续至20多年后,可见孔乙己之于“我”，是多么重要。

这个结尾发人深思：这样一个潦倒的读书人，真诚而良善，竟然无辜地，被世人侮辱、欺凌、残害一生，最后无声无息地消失了。——世道人心怎会这样？

以上解读的6个金句，属举例性质。《孔乙己》有多少金句，某句是不是金句，没有标准答案。鲁迅说，评论作品要“顾及全篇”[⑥]。对金句的解析，不能代替全篇研读，但可以作为一种角度，一个步骤或环节。在课堂教学中，选择几个金句，引导学生思考，乃至讨论、问答，可以增加教学的启发性，活跃气氛。

注释：

①孙伏园：《鲁迅先生二三事·〈孔乙己〉》，见孙伏园、孙福熙：《孙氏兄弟谈鲁迅》，新星出版社，2006年版，第173页。

②北京大学中文系：《现代汉语虚词例释》，商务印书馆，1982年版，第460页。

③④人民教育出版社课程教材研究所中学语文课程教材研究中心：《义务教育教科书教师教学用书语文九年级下册》，人民教育出版社，2019年版，第53、54页。

⑤叶圣陶：《〈孔乙己〉中的一句话》，《叶圣陶语文教学论集》，人民教育出版社，1980年版，第274、275页。

⑥鲁迅：《“题未定”草（六至九）》，《鲁迅全集》第6卷，人民文学出版社，1981年版，第430页。

惺惺相惜　彼此关注

——《孔乙己》中的“我”与孔乙己

鲁迅的经典小说《孔乙己》，篇幅虽短，只有约 2600 个字符，写到的人物却不少。按出现顺序，有：做工的人（短衣帮，短衣主顾）、穿长衫的（长衫主顾）、“我”、掌柜、孔乙己、喝酒的人（短衣帮与长衫主顾的合称，以及文后“一个喝酒的人”）、众人（所有在场的人）、邻舍孩子、“几个人”（“聚集了几个人”的“几个人”），等等。合起来，总数大概有十几、近二十人吧。其中，个体 3 人，群体 6 个（含交叉重叠数）。这些个体的、群体的人物，在咸亨酒店内外，与孔乙己发生不同的矛盾、纠葛，乃至故事。小说正是通过主人公孔乙己，与各类人物的不同关系，塑造典型形象，表现其创作意图。在各种不同关系里，以中心人物孔乙己，与二号人物“我”，彼此的交集最为重要。研究二人的交往，理清其关系，对于准确理解小说，把握其艺术构思，是十分必要的。否则，可能出现阅读与教学的偏差，而有违作品及作者的原意。

惺惺相惜

在酒店,“我”与孔乙已,是相异的两类人。首先身份不同。一个是当伙计的店员,属于“卖方”;一个是顾客,花钱买酒喝的人,属于“买方”。他们的关系,是矛盾,甚至是对立的。其次年龄悬殊。12岁的少年,面对年约五十的老头子,其间横着一条深深的“代沟”,没有多少共同语言。可是,两人也有相同点,或说相似、相近处,从而把他们连接起来,其关系,远比别人密切。这表现在:

一、出身及家境有相似处。“我”,以小小年纪,未成年的孩子,离开父母家庭,到酒店打工,“当伙计”,肯定不是殷实富贵人家的子弟。(在有钱人家,同龄孩子正养尊处优,尽享家庭温暖与幸福,不会被送出去吃苦,做学徒。)孔乙已,清苦的读书人,因没有进学,且“不会营生”,而“愈过愈穷,弄到将要讨饭了”。这表明,他也是出自社会底层,家境贫寒。所谓“愈过愈穷”,是说本来就穷,后来更穷。穷苦人面对穷苦人,感情天然的亲切,拉近了距离。

二、在酒店里的地位,以及际遇,二人很相近。酒店伙计分三等:第一等,专门在店面隔壁,侍候长衫主顾;第二等在外面,接待短衣主顾,要会往壶子里羼水。这两种差事,“我”都干不了,所以位居第三等。掌柜本想辞退他,但碍于介绍人情面大,才勉强留下,只安排一种无聊职务,专管温酒。为此很不受老板喜欢，对他“一副凶脸孔”，酒客们也不把他看在眼里，“没有好声气”。学徒生活过得单调、孤独、郁闷，活泼不得。孔乙己呢，和他近似，在顾客里等级最低，是特殊的喝酒人。其地位，固然不能相比于那些要酒要菜，慢慢坐喝的长衫主顾，也赶不上站着喝酒的短衣帮。“孔乙己一到店，所有喝酒的人便都看着他笑”，他是众酒客的一道下酒菜，公众谈笑时的一碟开心果。同样花钱买酒喝，掌柜却另眼相看，拿他开涮、取乐，利用他引人发笑。

三、在读书问题上，也有一点点相同，都读过书，只是差别非常之大。孔乙己问“我”：“你读过书么？”“我”点一点头，表示肯定。这是说，“我”当伙计前，上过私塾。他读过《论语》，懂得“君子固穷”“多乎哉？不多也”等语句的含义；知道“茴”字写法，是“草头底下一个来回的回字”；还知道，酒店掌柜从不将茴香豆上账，等等。同样，孔乙己先前也读过书（还“写得一笔好字”），目的是为了进学。比起“我”来，作为读书人的孔乙己，书读得久，也懂得多。如，引用古书语句，张口就来，“对人说话，总是满口之乎者也”，甚至知道，“回字有四样写法”，这是一般人不知道的。

这些相似、相近、相同之处，是“我”与孔乙己二人间，之所以惺惺相惜，彼此关注的思想、心理，乃至感情的基础。

“我”关注孔乙己

“我”是“卖方”特殊成员，既不同于掌柜，也有别于其他伙计。他以独有的眼光，观察特殊酒客孔乙己，关注孔乙己。

“我”关注孔乙己：遭遇到其他酒客——“所有喝酒的人”的种种嘲笑与欺辱。诸如，“你脸上又添上新伤疤了！”“你一定又偷了人家的东西了！”“什么清白？我前天亲眼见你偷了何家的书，吊着打。”“你当真认识字么？”“你怎的连半个秀才也捞不到呢？”这些连珠炮似的“叫道”“高声嚷”“问道”“接着说道”，把孔乙己逼到墙角，使他“涨红了脸，额上的青筋条条绽出”，“显出颓唐不安模样”……酒客们则兴高采烈，“众人都哄笑起来：店内外充满了快活的空气。”

“我”关注孔乙己：承受着酒店掌柜的故意挑逗、冷酷与取笑。酒客们对孔乙己的一系列嘲笑与欺辱，掌柜十分赞赏，但他感到不满足，作为弥补，他自己“见了孔乙己，也每每这样问他，引人发笑”。孔乙己被打折了腿，最后一次到酒店买酒喝，掌柜一见面就讨账：“孔乙己么？你还欠十九个钱呢！”对孔乙己受毒打致残，丝毫不关心，仍然同平常一样，取笑他：“孔乙己，你又偷了东西了！”“要是不偷，怎么会打断腿？”又与聚集来的几个人一起笑话他。濒临绝境的孔乙己，就是在掌柜与那些人的说笑声中坐着用手慢慢走去的。

“我”关注孔乙己：遭受有钱有势人家任意的暴力恐吓，

致命的肉体残害。比如何家,因为孔乙己偷书,就把孔乙己吊起来毒打。丁举人更凶狠残忍,由于孔乙己偷他家东西,而私设刑堂:“先写服辩,后来是打,打了大半夜,再打折了腿。”致使孔乙己失去正常的生活能力,无法行走,只能“盘着两腿,下面垫一个蒲包,用草绳在肩上挂住”,“满手是泥,原来他便用这手走来的”。至于经常可见的,“皱纹间时常夹些伤痕”,以及“脸上又添上新伤疤”,都是孔乙己被人殴打留下的鲜明痕迹。

以上这些,“我”对孔乙己关注的,都是他早年当伙计时亲见亲闻的事实。20多年后,再来追述往事,“我”记忆犹新,绘声绘影。除此之外——

“我”尤其关注:孔乙己的身世、经历、为人与品行。

> 听人家背地里谈论,孔乙己原来也读过书,但终于没有进学,又不会营生;于是愈过愈穷,弄到将要讨饭了。幸而写得一笔好字,便替人家钞钞书,换一碗饭吃。可惜他又有一样坏脾气,便是好喝懒做。坐不到几天,便连人和书籍纸张笔砚,一齐失踪。如是几次,叫他钞书的人也没有了。孔乙己没有法,便免不了偶然做些偷窃的事。但他在我们店里,品行却比别人都好,就是从不拖欠;虽然间或没有现钱,暂时记在粉板上,但不出一月,定然还清,从粉板上拭去了孔乙己的名字。

这是“我”在20多年后,讲述孔乙己故事时所做补叙,是经了解与观察而得知的。这段话包含三层意思:第一层,孔乙己的身世与早年生活。读过书，但没有进学，因没有谋生能力，而致穷困潦倒。第二层，孔乙己的坏脾气，好喝懒做。其毛病是，手脚不稳，有时做些偷窃的事。第三层，孔乙己的人品。在咸亨酒店，他的“品行却比别人都好”，即讲究诚信，从不赖账。

这段补叙显示出，“我”关注孔乙己的，不止于某一时、某一事，而是他的全部。这段话，也是“我”对孔乙己的评价，体现其感情、态度上的“偏袒”。如，关于偷窃，“我”解释为：孔乙己是“没有法”，是“免不了”，是“偶然”做些“偷窃的事”。话里话外，尽量减轻问题的严重性。

孔乙己关注“我”

鲁迅创作《孔乙己》，主要的用意是“描写一般社会对于苦人的凉薄”①。所以，小说的重心和主要情节，是写孔乙己在酒店所受的凉薄：酒客们的嘲笑与欺辱，酒店掌柜的挑逗、冷酷与取笑。孔乙己对“我”的关注，不是重点所在，而且集中表现为一个情节，一个故事，即下面这段文字：

> 孔乙己自己知道不能和他们谈天，便只好向孩子说话。有一回对我说道，“你读过书么？”我略略点一点头。他说，“读过书，……我便考你一考。茴香豆的茴字，怎样写的？”我想，讨饭一样的人，也配考我么？便回过

脸去，不再理会。孔乙己等了许久，很恳切的说道，“不能写罢？……我教给你，记着！这些字应该记着。将来做掌柜的时候，写账要用。”我暗想我和掌柜的等级还很远呢，而且我们掌柜也从不将茴香豆上账；又好笑，又不耐烦，懒懒的答他道，“谁要你教，不是草头底下一个来回的回字么？”孔乙己显出极高兴的样子，将两个指头的长指甲敲着柜台，点头说，“对呀对呀！……回字有四样写法，你知道么？”我愈不耐烦了，努着嘴走远。孔乙己刚用指甲蘸了酒，想在柜上写字，见我毫不热心，便又叹一口气，显出极惋惜的样子。

这是由孔乙己主动，与“我”的一番攀谈，一次单独的接触，仅有的直接交往。研究这次对话与交往，可以提出几个问题思考：一、孔乙己为什么以读书为话题，为内容，一开口就问“我”读过书吗？二、孔乙己所谓“这些字应该记着”，“回字有四样写法”等，他说这些话是什么意思？三、攀谈中，孔乙己四次发问，一次叹气，而“我”只回答一句，其余均以动作（点头、回脸、努嘴）、内心活动与情绪（想、暗想、不耐烦、不热心）等应之，这是为什么？以下试予以解读：

成人与少年儿童谈话，通常以姓名、年龄、父母职业、住家在哪里之类为由头，从此切入。而攀谈一开始，孔乙己突然发问：“你读过书么？”这表明，作为读书人，他想的是读书，最看重的，也是读书。“我”是12岁的少年，正处于读书求学阶段（现在的孩子，在此年龄，正上小学六年级，或初中七年级）。如此发问，以此为谈话内容，是关注“我”的读书受教育问题。孔乙己认为,对孩子来说,这是大事情,大问题。

孔乙己对“我”说,“这些字应该记着。将来做掌柜的时候,写账要用。”是告诉“我”多读书、多识字,在生活中,在做事时会用得上,应付得了实际需要。“将来做掌柜”云云,是鼓励“我”好好干,认真学,当伙计也有奔头。所谓“回字有四样写法”,是说,可学的东西很多,启发“我”多学多问。

孔乙己有四问,“我”仅一答,等等,体现的是一方热心,一方冷淡,对比鲜明。“我”之所以冷淡,是认为孔乙己破衣烂衫,胡子拉碴,活像街上讨饭的,不配做老师,而且自己也读过书,所问多余,无须孔乙己教。“我”此时的冷淡,也多少受到一点酒客、掌柜的影响。20 多年后的“我”已有所改变,对孔乙己不再冷淡。

对于孔乙己为什么“向孩子说话”,叙述人解释道:“孔乙己自己知道不能和他们谈天,便只好向孩子说话。”这说的是表层原因。孔乙己对“我”的关注与谈话,具有深层意义,是其关爱孩子、重视读书的具体表现。

精心的艺术构思

以上阐述的,所谓“惺惺相惜,彼此关注”,是对小说中“我”与孔乙己关系的一点粗浅认识。应进一步探讨:小说的主要用意,既在描写孔乙己所受社会凉薄,而且体现于酒客、掌柜之流的嘲笑、欺辱、挑逗、冷酷……为什么另设置

"我"，作为重要人物，且与主人公孔乙己发生一种特殊关系？

这自然是小说构思的需要：

1.小伙计"我"是最佳故事叙述人。《孔乙己》选取第一人称写法，通过"我"叙述故事。对此，叶圣陶先生指出："大概鲁迅要用最简要的方法，把孔乙己的活动范围限制在酒店里，只从孔乙己到店里喝酒这件事上表现孔乙己。那么，能在篇中充当'我'的唯有在场的人。在场的人有孔乙己，有掌柜，有其他酒客……他们都是被观察被描写的对象。对于这些对象，须要一个观察他们的人。于是假托一个在场的小伙计，让他来说孔乙己的故事。"②可见，设置小伙计"我"作为在场人物，由他讲说孔乙己的经历与遭遇，表现酒客、掌柜等人，如何对孔乙己施加"凉薄"，这正是小说构思之巧。

2."我"不仅是故事叙述人，也是故事的参与者。他与孔乙己，以及其他人物（掌柜、酒客等），发生着不同的关系。"我"的成长（当年 12 岁，过了 20 多年，已是 30 多岁年纪）与认知变化，"我"与孔乙己的交集，"惺惺相惜，彼此关注"，丰富了故事内涵，加强了小说主题（主要用意），从而表明：对于潦倒的读书人（苦人孔乙己），固然有酒客、掌柜等辈（代表"一般社会"）施之以凉薄，但并非全社会都是如此。同样在酒店里，也有对孔乙己的关注，乃至同情者。比如，小伙计"我"，就没有同流合污，效法酒客、掌柜一起嘲笑、欺辱孔乙己。相反，"我"对孔乙己的态度、感情，等等，比起他们就有很大不同。人间自有真情在，社会的未来还是有希望的。

3."我"在一定程度上，还是作者的"代言人"。小伙计在酒店，对孔乙己遭遇的凉薄表现出十分关注与同情，而对酒客、掌柜等的作为，则不认同，更不参与。他评价孔乙己，“在我们店里，品行却比别人都好”。此所谓“别人”，包括酒客、掌柜等所有在酒店里的人。在“我”的叙述中，暗含着作者对饱受社会凉薄的苦人——潦倒的读书人，所做的细致观察、深刻认知，乃至独特评价。社会的构成，缺少不了读书人，他们服务社会、传播知识、教育孩子……对社会具有独特价值。通过小伙计与孔乙己的交往，小伙计对孔乙己的评价等，曲折地表达了鲁迅对读书人（知识分子）的期许。

注释：

①孙伏园：《鲁迅先生二三事·〈孔乙己〉》，见孙伏园、孙福熙《孙氏兄弟谈鲁迅》，新星出版社，2006年版，第173页。

②叶圣陶：《揣摩》，叶圣陶《叶圣陶语文教育论集》上册，教育科学出版社，1980年版，第339页。

（《语文月刊》2020年第3期）

备受凉薄者的心声
——孔乙己的语言辨析

《孔乙己》中塑造的孔乙己形象，运用了多种艺术手段，其中，语言描写是重要一项。就是说，人物的典型性格，体现于他的语言之中。因此，研究孔乙己说的话——他说了哪些话，这些话是怎么说的，为什么这样说，等等，就是准确解读作品、分析人物，必不可少的环节。拙文尝试由此切入，贡献一点陋见。

孔乙己说了哪些话

为便于研读，先将全篇小说中，孔乙己说的话，按先后次序摘录出来。（破折号后面，是说话时的情景，说话对象即听话者，以及次数序数。）

①“温两碗酒，要一碟茴香豆。”——“对柜里说”　柜里1

②“你怎么这样凭空污人清白……”——“睁大眼睛说”

酒客 1

③“窃书不能算偷……窃书！……读书人的事，能算偷么？”——“涨红了脸，额上的青筋条条绽出，争辩道” 酒客 2

④“你读过书么？”——“对我说道” “我”1

⑤“读过书，……我便考你一考。茴香豆的茴字，怎样写的？”——“他说” “我”2

⑥“不能写罢？……我教给你，记着！这些字应该记着。将来做掌柜的时候，写账要用。”——“等了许久，很恳切的说道” “我”3

⑦“对呀对呀！……回字有四样写法，你知道么？”——“显出极高兴的样子，将两个指头的长指甲敲着柜台，点头说” “我”4

⑧“不多了，我已经不多了。”——“着了慌，伸开五指将碟子罩住，弯腰下去说道” 邻舍孩子 1

⑨“不多不多！多乎哉？不多也。”——“自己摇头说” 自己 1

⑩“温一碗酒。”——“忽然间听得一个声音” 柜里 2

⑪“温一碗酒。”——“见了我，又说道” “我”5

⑫“这……下回还清罢。这一回是现钱，酒要好。”——“很颓唐的仰面答道” 掌柜 1

⑬“不要取笑！”——“单说了一句” 掌柜 2

⑭“跌断，跌，跌……”——“低声说道” 掌柜 3

据上列，孔乙己共说了 14 句话（一次算一句，实际是发话 14 次）。按照与对象说话次数多少排列，是：

"我"(即"小伙计") 5次

掌柜 3次

酒客 2次

柜里 2次

邻舍孩子、自己 各1次

此外,故事叙述人(即"我"),没有转述孔乙己原话,只叙述大意或其情景的(即所谓"总是满口之乎者也"),2次:

> 接连便是难懂的话,什么"君子固穷",什么"者乎"之类(第4段)
>
> 立刻显出颓唐不安模样,脸上笼上了一层灰色,嘴里说些话;这回可是全是之乎者也之类,一些不懂了(第6段)

相应的,说话对象的发话次数,是:

掌柜10次(其中,直接对孔乙己说的,3次),酒客6次,"我"1次,邻舍孩子0次。共16次。

孔乙己话语的内容

对孔乙己说的14次话,可从几个方面进行比较研究。

首先比较话语内容:抗争语言与爱心语言。

所谓抗争语言,是指以抗争为内容、为目的的话语;抗争的对象,是酒客与掌柜。

咸亨酒店的酒客,包括长衫主顾和短衣帮两类人,两类人对待孔乙己,态度是一致的:“孔乙己一到店,所有喝酒的人便都看着他笑。”他们制造话题,挑逗孔乙己,极尽嘲笑、侮辱之能事。孔乙己面对酒客的挑衅是极力抗争,坚决还击。一方的挑逗与侮辱,另一方的抗争与还击,构成小说第一个重要情节。这是孔乙己对抗“凉薄”的表现之一。(第4、6两段)双方的语言交锋,唇枪舌剑,互不相让。就孔乙己而言,回应酒客的,就是上列话语②与③。②句“你怎么这样凭空污人清白……”,是对酒客们“你一定又偷了人家的东西了!”的回答。孔乙己自认没有偷人东西,所以理直气壮。他的应对,不是简单否认偷东西之说,而是反击对方:“凭空污人清白。”所谓“凭空”,是说酒客们没有依据,是纯捏造,纯诬蔑。③句“窃书不能算偷……窃书!……读书人的事,能算偷么?”(实际是两句)是对某酒客证言(偷何家书被吊着打)的争辩。孔乙己对酒客说的事实,没有否认,但只承认“窃书”(“偷”字刺耳,有失读书人尊严,改为文言词“窃”),而不接受偷东西之说。(他认为,窃书不等于偷东西。窃书就是窃书,窃书为了读,读书是读书人的本分。)——孔乙己抗争酒客的话虽不多,仅两次三句,但态度鲜明、强烈,分量足。

在咸亨酒店,掌柜与酒客们一致,同样施凉薄于孔乙己。他是配合者、弥补者,“掌柜见了孔乙己,也每每这样问他,引人发笑”。他施加的凉薄,在挑逗之外,还有冷酷与耻笑。对来自掌柜的凉薄,孔乙己同样予以排拒。这突出的表现话语是:“不要取笑!”(第11段)简而言之,有关情节是:

孔乙己被丁举人打断腿，最后一次（以手代脚）来酒店喝酒。掌柜见了，第一句话说的是，“孔乙己么？你还欠十九个钱呢！”对孔乙己悲惨遭遇，毫不关心，冷血无情。接着就取笑他：“你又偷了东西了！”孔乙己回应的就是这一句“不要取笑！”这是一声斥责，不仅是对“又偷了东西”的回答，更是一种抗议，一种对掌柜，包括酒客，以及所有施凉薄者（即“一般社会”）的总还击、总否定。——小说描写掌柜与孔乙己的语言交锋，是全文的又一个重要情节，也是孔乙己对抗“凉薄”的一个方面。

所谓爱心语言，是指表现爱心的话语，说话对象是孩子：12 岁就“当伙计”的“我”（个体），以及邻舍孩子（群体）。主人公与孩子的爱心交流，在第 7、8 两段。这是孔乙己故事的第二个重要情节，小说塑造孔乙己形象的另一内容。

孔乙己对“我”说的话，主要在第 7 段，依序是④⑤⑥⑦几句。（小说后面第 11 段，还有叙事语句，“温一碗酒。”）这几句，值得一一品读。④“你读过书么？”是在“孔乙己自己知道不能和他们谈天，便只好向孩子说话”的情况下，与“我”搭话的第一句。为什么一开口就问读书？这表明，孔乙己对读书看得很重。话里隐含的意思是，你小小年纪，为什么不在家读书，要来镇上“当伙计”？所以，当“我”点点头，表示读过书后，孔乙己就问⑤“读过书，……我便考你一考。茴香豆的茴字，怎样写的？”这两句话，先对“读过书”的回答予以肯定。接着的“我便考你一考”，以及“茴香豆的茴字，怎样写的？”是想进一步了解，“我”书读得怎么样。问“茴香豆的茴字”，既是就地取材发问，也是想了解“我”读书，会不会实际应用。⑥“不能写罢？……我教给你，记着！这些字应该记着。将来做掌柜的时候，写账要用。”意思较多，包含4句。一问“不能写罢？”是因为，“我”态度冷淡，“不再理会”，孔乙己“等了许久”而后提出的。疑问语气而带有启发性，不是肯定“我”不会写。二说“我教给你，记着！”显示孔乙己施教的热心，所谓“孺子可教也”，其诚恳与殷切，可圈可点。三提示，“这些字应该记着。”重音在“些”字，是说，要学的不止一个“茴”字，还有其他许许多多字，都要学；也就是说，要多读书，认真读。四鼓励，“做掌柜”云云，自然是对眼前孩子提出的希望。可惜这孩子不领情，反而认为，自己“和掌柜的等级还很远呢”。⑦“对呀对呀！……回字有四样写法，你知道么？”先是以“对呀对呀！”表示肯定与夸奖，欣喜之情溢于言表。接着问回字有四样写法，仍然启发、鼓励“我”，要多学、多读。———从④⑤⑥⑦这些话语，不难看出孔乙己，是多么关心“我”的读书一事，其热心、诚心、耐心表现得淋漓尽致。

第8段中，孔乙己与邻舍孩子的交集，只说了“不多了，我已经不多了”一句话。（孩子太小，还不会与成人对话。）原因是，孩子吃完孔乙己给的茴香豆，“仍然不散，眼睛都望着碟子”，这句话是对孩子的解释，意为不能再给了。他没有怪罪，甚至斥责孩子，仅仅说明，为什么不能再给。这是老人与年幼孩子之间的一种平等交流，不是上对下的教训或申斥。其中，包含着关爱之情。——相比于12岁的“我”，邻舍孩子是一群幼童，大约三五岁年纪。这说明，不管对多大的孩子，孔乙己都是态度温和，施以关爱的。

如上解读，孔乙己的抗争语言与爱心语言，共发话10

次，是其全部14次话语的主要内容。其余4次中，3次是叙事性的（含对柜里说的：①句“温两碗酒，要一碟茴香豆。”⑩句“温一碗酒”），1次是孔乙己对自己说的。孔乙己为什么自言自语？后文讨论。

孔乙己话语的形式

其次，比较话语形式。可选择不同视角，如，文言白话，被动主动，等等。分述如下：

第一，文言与白话。文言，就是所谓“总是满口之乎者也”；白话，指日常口语。文言与白话，是孔乙己采用的两种语言形式。

据上引原话可知，孔乙己14次说的，除自言自语中有一句“多乎哉？不多也。”外，其余全是日常口语，说者、听者双方都明白，没有交流障碍。所谓“总是满口之乎者也”的“总是满口”，从何说起？原因是，故事叙述者，是在20多年后追忆往事，当年孔乙己的一口文言，留给他的印象太深了。他说的是自己的印象，与实际有出入。

值得探讨的是，孔乙己在什么情况下，“满口之乎者也”，出现频率如何？——如小说所写，是在与酒客争斗的时候，只有两次。第一次，孔乙己先说了两句口语，“接连便是难懂的话，什么‘君子固穷’，什么‘者乎’之类，引得众人都哄笑起来”。第二次，酒客先问，“你当真认识字么？”再问：

“你怎的连半个秀才也捞不到呢?”孔乙己回应酒客的,“全是之乎者也之类,一些不懂了”。后一次之所以如此:第一是酒客挑逗的话,无须回答,或不好回答;第二是酒客们是群起而攻之,众口铄金,孔乙己应对不过来。实则,孔乙己是以“满口之乎者也”,作为掩饰,也用作“挡箭牌”,堵住酒客们的嘴,使之无法继续围攻,以众人哄笑结束争斗。前一次也是如此。

第二,被动与主动。在孔乙己与店中人的语言交际中,只有②③两次,以及⑫⑬⑭三次,共5次,是被动应答;其余9次,都是他自主发话。也就是,在遭遇酒客与掌柜挑衅时,孔乙己处于被动状态;而在与“我”、邻舍孩子交流中,以及对柜里说话时,他是主动的。即,主动占比例高,他是自己语言的主导者。(从每次发话内容,即长短看,对“我”说的最长,如⑥句,实际是4句,29字;对其他人说的,较简短。看句式,对“我”说的,包括陈述、疑问、祈使、感叹4种形式;对其他人说的,句式较少。这些都体现出,对“我”说话的主动性,以及关爱之情。)

第三,有声与无声。在正常情况下,语言是有声的,如文中所写,孔乙己14次说的话,均为有声语言。无声语言,是一种特殊语言形式。在《孔乙己》中,孔乙己的省略性话语,还有肢体语、神态语,均属于无声语言。

省略语文中只有③一次两句:“窃书不能算偷……窃书!……读书人的事,能算偷么?”句中的两处省略号,所省略的词语,据前后句文意推断,应该分别是:“(偷)东西,我是(窃书)”;“窃书是为了读,这是(读书人的事)”。补全两句话，大意是："窃书不能算偷东西，我只是窃书！窃书是为了读，这是读书人的事，能算偷(东西)么？"因为窃书毕竟理亏，所以，孔乙己不能理直气壮地说明白，只得吞吞吐吐，含含糊糊，言不尽意。

肢体语文中有："睁大眼睛(说)""将两个指头的长指甲敲着柜台，点头(说)""伸开五指将碟子罩住，弯腰下去(说道)""自己摇头(说)"等几处。

神态语有"涨红了脸，额上的青筋条条绽出，(争辩道)""很恳切的（说道)""显出极高兴的样子""着了慌""显出不屑置辩的神气""立刻显出颓唐不安模样""很颓唐的（仰面答道)"，等等。

上引肢体语与神态语，多半与孔乙己的有声语言相辅相成，彼此配合，加强其语言表达的力度，不必一一解析。

第四，谎言与掩饰。论者对孔乙己的评论中，有一条否定性论断，说孔乙己"自欺欺人，死不认错"。其根据是，孔乙己以"跌断，跌，跌……"来回应掌柜的取笑："要是不偷，怎么会打断腿？"即认为，"跌断"之说，是孔乙己在撒谎。此论，忽略了掩饰与说谎的区别，把掩饰当成谎言。在现实生活中，面对不相干的问话者，人们常常因碍于面子，或其他原因，而对不便直说、难以启口的真实情况，予以推脱，另找原因。这是一种掩饰。孔乙己的"跌断"说，实为掩饰之词。本来，他在丁举人家，已经写过"服辩"，即认过罪。对于掌柜不怀好意的问话，难道要他"如实招来"，再认一次罪？同样道理，③句把"偷书"说成"窃书"，也是一种维护面子的掩饰。

从话语看性格

根据孔乙己的话语，至少可从以下几方面，探求其性格特点：

1.身份意识　孔乙己向酒客宣示，自己是读书人，读书是读书人的事；告诉“我”，要读书识字，读书有用；他读书认真（还“写得一笔好字”），可以随口引用经典；虽然穷困潦倒，“品行却比别人都好”，并以“君子固穷”明志，等等。这些昭示出，他认准自己是读书人，身份意识鲜明，而且时时处处维护读书人的尊严。作为穷苦读书人，终生不得志，但是他，第一没有因早年读过书而懊悔；第二没有希图改变自己的既有身份。这种读书人的秉持，是十分可贵的。前人云，“穷且益坚，不坠青云之志。”孔乙己庶几近之。时论则倡导：不忘初心。以此衡量，孔乙己确是没有改变初始做读书人的真诚。

2.爱憎情感　孔乙己是性情中人，爱恨界限分明。对施加凉薄于自身的酒店中人，如酒客、掌柜之流，他十分清楚地知道，这些人对待自己，只有“取笑”，“不能和他们谈天”，因此以抗拒、争辩、反击等回应其挑衅。他渴望与人交流，于是“向孩子说话”，寻求忘年朋友。他以真诚的爱心，对待大小孩子，呈现出其情感的积极一面。他与所有正常人一样，有自己的喜怒哀乐，而且“喜形于色”，表情丰富，毫不掩饰。如，与酒客争辩时，他“睁大眼睛”“涨红了脸”“显出不屑置辩的神气”等。在与“我”交流时，随“我”的反应，由“很恳切的说”而“显出极高兴的样子”“显出极惋惜的样子”，等等。最为典型的细节是：“直起身又看一看豆，自己摇头说，‘不多不多！多乎哉？不多也。’”这里的“自己摇头说”，就是“对自己摇头说”，即自说自话。“不多不多！”是说茴香豆剩下的，已经不多。（也可解读为：分给孩子的，不算多，对下酒无大影响。）他为自己与邻舍孩子的互动，以已经不多的茴香豆分给他们吃而感到快活，随口引一句“多乎哉？不多也”以示自我欣赏，自我安慰。

3.思维应对　多年来，论者纷纷撰文评论，连篇累牍的相关资料均显示：孔乙己迂腐不堪，头脑僵化。实际并非如此。从其说出口的，以及没有说出口的话语看，他对自己的处境，有清醒的认知。在与人谈话、对答中，他思维敏捷，反应迅速、得体。比如，面对酒客的挑逗与嘲笑，他或者置之不理，“不回答”，“不屑置辩”；或者以攻为守，反击对方（“凭空污人清白”）；或者强烈争辩，并以文言词、省略语来掩饰自己的窘境，等等。他用满口之乎者也，从而堵住酒客的嘴，使之无法继续围攻下去，就是一种机敏睿智的斗争策略。对于掌柜的讨账，他从容应对：“这……下回还清罢。这一回是现钱，酒要好。”既认可旧账，又即刻转移到眼前话题（买酒）。对于掌柜的取笑，“你又偷了东西了！”孔乙己并不正面、直接回答，仍是以攻为守，指斥对方“不要取笑！”对待不同年龄的孩子，他是另一种态度与语气，或者耐心开导，循循善诱，俨然是善于施教的老师；或者放低身段，与幼童面对面，亲切解释，显现为温和老人。凡此种种，哪里有什么迂腐不堪，头脑僵化的表现？

孔乙己是一个复杂、多面的文学典型。其性格特点如何，他的典型性是什么，长期以来，论者众说纷纭，莫衷一是。有些论断，依据的是孔乙己的语言，而解读与原意相左。比如，上文已辨析的，孔乙己与邻舍孩子交集时，“自己摇头说”的：“多乎哉？不多也。”本是孔乙己的自说自话，自我欣赏。而有些学者误读、误判为：“（孔乙己）即使与孩子打交道也离不开陈腐语言，高吟着：‘多乎哉？不多也。’”[①]或：“面对那些想吃他的茴香豆的孩童，他甚至也用‘多乎哉？不多也’的陈腐语言作答，闹了笑话。”[②]或：“当孩子们要茴香豆时，他还说‘多乎哉？不多也。’”这是“不看对象，卖弄学问”，等等。[③]这些论断，都是由误解孔乙己语言的原意得出的，因而无法以文本实际，验证其正确性。可见，细致、准确地研究孔乙己语言，是正确分析孔乙己形象的可靠依据和重要途径，不可掉以轻心。

注释：

①孙进增：《读〈孔乙己〉》，见山东师范学院聊城分院中文系编《鲁迅作品教学初探》，天津人民出版社，1979年版，第32–33页。

②范柏群、曾华鹏：《社会对于苦人的凉薄——论〈孔乙己〉》，见范柏群、曾华鹏《鲁迅小说新论》，人民文学出版社，1986年版，第31页。

③林志浩：《关于〈孔乙己〉的分析和研究》，见林志浩《鲁迅研究》（下），中国人民大学出版社，1988年版，第125页。

值得品味的“自己”

在《孔乙己》中，前后有三处，用到“自己”一词，都是说，孔乙己“自己”如何如何。对这三个“自己”，应细细品味，不可粗心放过。否则，会影响对作品与人物的认知。

这三个“自己”是，“自己知道”“自己摇头”“自己发昏”。相关语句为：

> 孔乙己自己知道不能和他们谈天，便只好向孩子说话。（第7段）
>
> 直起身又看一看豆，自己摇头说，“不多不多！多乎哉？不多也。”（第8段）
>
> 他总仍旧是偷，这一回，是自己发昏，竟偷到丁举人家里去了。他家的东西，偷得的么？（第10段）

三句话中的“自己”，分别用在三个动词前面，说的都是孔乙己本人的事。琢磨一下，为什么在这三个动词前，加上代词“自己”？如果删去，意思也能说得通，好像没有什么影响。鲁迅曾说:“写完后至少看两遍,竭力将可有可无的字,句,段删去,毫不可惜。”(《答北斗杂志社问——创作要怎样才会好?》)这三句里的“自己”,是否属于可有可无的词?能否删去?不妨分别细细体味。

“自己知道”。 先看第7段的“自己”,疑问是,“孔乙己自己知道”,不就是“孔乙己知道”吗?难道还有“别人”叫他或提示他知道?“孔乙己自己知道”,与“孔乙己知道”,有什么不同?删去“自己”二字,有影响吗?

要理解这个“自己”的作用,须体会全句意义,以及语言环境(上下文),包括孔乙己在酒店的处境。句中“知道”的内容(宾语),是“不能和他们谈天,便只好向孩子说话”。所谓“他们”,指酒店里“所有喝酒的人”,既有短衣帮,更有长衫主顾。如文中所写,酒客们通通不看好孔乙己,一齐挑逗、嘲笑他:嘲笑他的现在,“脸上又添上新伤疤”,“偷了何家的书,吊着打”;嘲笑他的过去,“你当真认识字么?”“怎的连半个秀才也捞不到呢?”有关情节,就是这段前面,第4、6两段所写内容。所谓“他们”,还包括酒店掌柜。这句话上面一句(“而且掌柜见了孔乙己,也每每这样问他,引人发笑。”)已经写明,掌柜也和酒客一样,经常嘲笑孔乙己,而且是引大家一齐嘲笑他。这些形形色色的人,一起挑逗、嘲笑孔乙己的情况屡屡发生:只要他来到酒店,这一出闹剧就会出现。句中所说“不能和他们谈天”,就是指:这些人只管嘲笑他,从不平等对待他,平等地和他说话、聊天。对这一处境,孔乙己自然十分清楚。这就是全句话所包含的内容,所涉及的孔乙己的处境。

据此可看出,孔乙己“自己知道”,就是孔乙己“根据亲身体验”知道;简言之,这里的“自己”,是强调亲身经历、切身体验。“孔乙己自己知道”,乃“孔乙己从切身体验知道”之谓也。很明显,如果删去“自己”,或不用“自己”,这个“知道”,只是一般性知道,不能显示孔乙己是如何知道的。再就是,倘如此,则故事叙述到这里,就与前面内容(第4、6段所写,以及此句的上一句)脱节。实际上,“孔乙己自己知道不能和他们谈天,便只好向孩子说话。”这一句,是具有承上启下作用的过渡句(逗号前的半句承上,逗号后的半句启下)。

“自己摇头”。解读第8段的“自己”,似乎问题更大。所谓“自己摇头”的“自己”,是什么意思?既是摇头,当然是“自己”摇,还能是别人(或者别人帮助)摇?这个“自己”是多余的吧?认识“自己摇头”的“自己”,有什么意义与作用,也要和全句,以及上文联系起来体会。这一段不长,原文是:

> 有几回,邻舍孩子听得笑声,也赶热闹,围住了孔乙己。他便给他们茴香豆吃,一人一颗。孩子吃完豆,仍然不散,眼睛都望着碟子。孔乙己着了慌,伸开五指将碟子罩住,弯腰下去说道,“不多了,我已经不多了。”直起身又看一看豆,自己摇头说,“不多不多!多乎哉?不多也。”于是这一群孩子都在笑声里走散了。

这段写的是,孔乙己给邻舍孩子茴香豆吃。段中有两句话,前一句,“不多了,我已经不多了。”是孔乙己弯腰下去,对孩子说的。后一句,“不多不多!多乎哉?不多也。”是对谁说的？文章写明，是“直起身又看一看豆”说的，可见这句话，不再是说给孩子听的，而是孔乙己的自言自语。

经过研读，比较两句话的听话对象，可以知道，“自己摇头说”，意为“对自己摇头说”；“自己”，即为“对自己”。长久以来，一些读者，包括学者、研究者，忽略了这个“自己”及其实际含义，认为后一句话，也是对孩子说的，因而造成认知与解释的错误。

“自己发昏”。 第10段“自己发昏”的“自己”，含义比较单纯，与常用的“自己”，没什么差别。原话是一个酒客，对掌柜讲述所知情况：孔乙己偷丁举人家东西，被打断腿。所谓“是自己发昏”云云，是说孔乙己被丁举人打断腿，系他本人昏了头，胆敢去偷丁家东西造成的，是自作自受，与别人无关。语言运用中，类似例子很多，如，自己糊涂，自己不好，等等。

《孔乙己》中所用三个“自己”，其意义与用法各不相同。据常用辞书的释义，如《现代汉语词典》（第7版）的解释（第1义项）：人称代词，复指前头的名词或代词（多强调不由于外力）。对照上述三个“自己”，只有“自己发昏”的“自己”，是“强调不由于外力”，与别人无关。“自己知道”，尤其“自己摇头”，这两个“自己”，仅以辞书释义解读，并不能解释清楚其确切含义。阅读中，须放在具体语境中，品味其丰富意蕴，避免囫囵吞枣，不辨滋味。这也是鲁迅对社会常用词语，独创性使用的范例：根据表达的需要，赋予常用词语，以新的、更丰富的意义。

（《语文学习》2018年第9期）

“无聊”成对　“颓唐”成双

——《孔乙己》品读札记

写作，通常避免用词重复，但在特殊情况下，语词重复反而别具意义。品读《孔乙己》，你不难发现，重复使用词语，不仅丰富了文字意蕴，而且对于形象描写，乃至表现小说主旨，都能起到无可替代的作用。在这篇小文里，试举“无聊”“颓唐”二词为例，分别予以解说，请你品鉴。

先说“无聊”。它出现在下面两处文字中：

> 幸亏荐头的情面大，辞退不得，便改为专管温酒的一种无聊职务了。
>
> 我从此便整天的站在柜台里，专管我的职务。虽然没有什么失职，但总觉有些单调，有些无聊。

这是紧连着的话语，实际是三句，上面一句在第2段末尾，下面两句，是第3段的前两句。小伙计“我”，为什么一再说“无聊”，两段中两个“无聊”，意思是否相同？

第2段写，“我”12岁进酒店，当伙计，掌柜嫌“我”样子太傻,侍候不了长衫主顾,就叫“我”在外面做事。在外面,“我”也应付不了短衣主顾,还不会(不愿)往壶里搀水,所以没过几天,掌柜又说“我”干不了这事。只因介绍人有面子,辞退不得,掌柜就分配给温酒的差事。可“我”不喜欢这差事,认为“专管温酒”,是“一种无聊职务”。这是为什么?怎么就“无聊”?原因是,小伙计认为,来酒店做学徒,是为了学技术,长本领,而温酒这差事,就是把酒壶放进水里,等温好了再取出来,动作重复,就这么简单,缺乏“技术含量”,没什么可学的。——这就是上句中“无聊”的含义,指干的活简单,没意思。

第3段说的“无聊”,要联系全段,才能解释清楚:

> 我从此便整天的站在柜台里,专管我的职务。虽然没有什么失职,但总觉有些单调,有些无聊。掌柜是一副凶脸孔,主顾也没有好声气,教人活泼不得;只有孔乙己到店,才可以笑几声,所以至今还记得。

这段说的是,“我”在酒店的生存状态、处境、气氛。整天站在柜台里面,“我”只做一件事,感觉十分乏味;而且在店里,一天天,只能见掌柜的凶狠脸色,酒客的蛮横态度,全是冷冰冰的。像这样过日子,没有一丝一毫的轻松和快乐。因此,“我”才觉得,由于孔乙己的到来,使自己的心情,能得到一点点改变,是多么值得回忆。——据此可知,本段中的“无聊”,指的是生活感受、精神状态。

如上述,同是“无聊”,在不同语境中,具体含义存在差别。那么，这两个“无聊”，有没有关系？是什么关系？简而言之，职务的“无聊”是起点，是基础，生活的“无聊”是发展，是扩张；一个无聊，再加一个无聊，这就是此时期小伙计的全部生命。

再说“颓唐”。它出现在第6段和第11段，相关文字分别为：

> 他们便接着说道，“你怎的连半个秀才也捞不到呢？”孔乙己立刻显出颓唐不安模样，脸上笼上了一层灰色，嘴里说些话；这回可是全是之乎者也之类，一些不懂了。
>
> 掌柜也伸出头去，一面说，“孔乙己么？你还欠十九个钱呢！”孔乙己很颓唐的仰面答道，“这……下回还清罢。这一回是现钱，酒要好。”

和两个“无聊”说的是小伙计有明显不同，两个“颓唐”，是说孔乙己的精神和情绪。颓唐，口语不常用，据辞书释义，指衰颓败落、精神萎靡不振的样子。具体到孔乙己，他的“显出颓唐不安模样”，以及“很颓唐的仰面答道”，这两个“颓唐”含义如何？

第6段中的“显出颓唐不安模样”，是酒客们挖苦孔乙己，嘲笑他连半个秀才也捞不到，他即刻出现的情绪变化。这是孔乙己与酒客争斗中，仅有的一次“认输”。小说前面，写了双方的反复较量，孔乙己一直抗拒、争辩。如，酒客们看见他到店，就开始戏弄、挑逗他，说他脸上添了新伤疤，说他又偷人家东西，还有，偷何家书被吊着打，等等。孔乙己要么不理不睬，要么还击对方：凭空污人清白，要么强烈争辩……但这一次酒客“揭短”，击中了“要害”，使孔乙己立即精神萎靡不振。在科举时代，应考者成千累万，能够考中而进学的，少之又少，这十分正常。但孔乙己认为，自己考场失利，是一生中的奇耻大辱，是生命中不能承受之重。这表明，孔乙己对自己，是“高标准”“严要求”，为一次挫折而抱恨终生。所以，因捞不到半个秀才，而“颓唐不安”的“颓唐”，是孔乙己的自责、自咎，是他自尊心受到伤害时，内心情绪的自然流露。

第11段中的“很颓唐的仰面答道”，是对掌柜催问：“你还欠十九个钱呢！”孔乙己做出的反应。他此时为什么“很颓唐”？所谓还欠十九个钱，又是什么原因？这要联系第5段的一句话：

> 但他在我们店里，品行却比别人都好，就是从不拖欠；虽然间或没有现钱，暂时记在粉板上，但不出一月，定然还清，从粉板上拭去了孔乙己的名字。

这是故事叙述者，在补叙孔乙己身世、为人时，对孔乙己人品的评价。既然孔乙己的品行，比别人都好，从不拖欠，为什么还欠十九个钱？须知，掌柜催孔乙己还钱，是被丁举人打断腿之后，孔乙己再一次到酒店，这时发生的事。就是说，孔乙己被打致残，要长时间养伤，因而拖欠没还，他不是想赖账不还，所以回答说：“下回还清吧。”他此时之所以“很颓唐”,是为自己的疏失感到羞愧与不安,因为这疏失,有损于自己的品行。这一情绪变化,同样表现了孔乙己的自责与自咎。

以上,分说“无聊”“颓唐”的蕴含,确当与否,还请指正。

若再问:“无聊”和“颓唐”,为什么重复使用?原因在于,语词重复是一种修辞方法,可强调某种思想或某种意义,具有增加效果、加深印象的作用。小伙计差事无聊,生活也无聊,表明其无聊透顶。孔乙己一次次颓唐,突出其自责、自咎精神。

至于“无聊”“颓唐”重复的意义,一、强调小伙计的无聊,正彰显他与酒店环境格格不入,这与孔乙己遭遇的冷酷是息息相通的;突出孔乙己的颓唐,乃是为表现其正面人格:这些,对人物形象的刻画,均具有积极作用。二、从表现主旨来看,二人的无聊与颓唐,正与作者的主要用意——描写一般社会对于苦人的凉薄,密切相关:社会凉薄如此严酷,如此细密,连酒店小伙计,以及保有良好品行而自尊自爱的读书人,一律无法逃脱。

鲁迅谈孔乙己

这一篇很拙的小说（指《孔乙己》），还是去年冬天做成的。那时的意思，单在描写社会上的或一种生活，请读者看看，并没有别的深意。但用活字排印了发表，却已在这时候，便是忽然有人用了小说盛行人身攻击的时候。大抵著者走入暗路，每每能引读者的思想跟他堕落：以为小说是一种泼秽水的器具，里面糟蹋的是谁。这实在是一件极可叹可怜的事。所以我在此声明，免得发生猜度，害了读者的人格。（1919年3月26日）

《孔乙己》发表时的附记

看见了讲到"孔乙己"，就想起中国一向怎样教育儿童来。

《准风月谈·我们怎样教育儿童的？》

从一九一八年五月起，《狂人日记》《孔乙己》《药》等，陆续地出现了，算是显示了"文学革命"的实绩，又因为那时的认为"表现的深切和格式的特别"，颇激动了一部分青年读者的心。然而这激动，却是向来怠慢了绍介欧洲大陆文学的缘故。

《且介亭杂文二集·〈中国新文学大系〉小说二集序》

《狂人日记》也是鲁迅作，此外还有《药》《孔乙己》等都在《新青年》中，这种杂志大抵看后随手散失，所以无从奉借，很抱歉。

《1921年9月5日 致宫竹心》

《孔乙己》的图，我看是好的，尤其是许多颜面的表情，刻得不坏，和本文略有出入，也不成问题，不过这孔乙己是北方的孔乙己，例如骡车，我们那里就没有，但这也只能如此，而且使我知道假如孔乙己生在北方，也该是这样的一个环境。

《书信集 附录·致刘岘》

《孔乙已》[①]

孙伏园

我尝问鲁迅先生，在他所作的短篇小说里，他最喜欢哪一篇。

他答复我说是《孔乙已》。

有将鲁迅先生小说译成别种文字的，如果译者自己对于某一篇特别有兴趣，那当然听凭他的自由；如果这位译者要先问问原作者的意见，准备先译原作者最喜欢的一篇，那么据我所知道，鲁迅先生也一定先荐《孔乙已》。

鲁迅先生自己曾将《孔乙已》译成日文，以应日文杂志的索稿者。

《孔乙已》的作者，把创作的镜头，放在一个小酒店学徒的身上，凭了他来摄取一个酒店顾客（孔乙已）的肖像。

“孔乙已是站着喝酒而穿长衫的唯一的人。”原来鲁镇咸亨酒店的顾客有两类。第一类：“做工的人，傍午傍晚散了工，每每花四文铜钱买一碗酒，——这是二十多年前的事，现在每碗要涨到十文，——靠柜外站着，热热的喝了休息；倘肯多花一文便可买一碟盐煮笋，或者茴香豆，做下酒物了,如果出到十几文,那就能买一样荤菜,但这些顾客,多是短衣帮,大抵没有这样阔绰。”第二类:“只有穿长衫的,才踱进店面隔壁的房子里,要酒要菜,慢慢地坐喝。”孔乙己却在两类当间,不属于哪一类,所以说是:“站着喝酒而穿长衫的唯一的人。”

他有士大夫阶层的知识程度,所以他开口便是“之乎者也”,一般顾客连掌柜在内都不懂。他有士大夫阶层的疏懒习惯,虽然“写得一笔好字,替人家抄书,换一碗饭吃,可惜好喝懒做, 坐不到几天, 便连人和书籍纸张笔砚, 一齐失踪。”只是他没有士大夫阶层的经济背景和处世技术,而仍有士大夫阶层的体面问题,“偶然做些偷窃的事”,却争辩道“窃书不能算偷”,甚至被人打断了腿,还低声说道“跌断,跌,跌。”以后他一定忍受不住这样苦痛的生活而死了。

文中所提的“鲁镇”,在作者的小说中有好几处提到,实在是一个创造的地名; 我想这个地名所包含的内容就是作者的父系故乡(绍兴城内都昌坊口②)和母系故乡(绍兴东皋乡安桥头③)的混合体,我们到那两处附近去,一定可以寻到许多迹象。

而“咸亨酒店”却是一个真店号,就在都昌坊口,作者故里的斜对门,我还见过多少回,大概至今还在,这种小规模的老字号是不大容易倒闭的。

《孔乙己》中的主角孔乙己,据鲁迅先生自己告我,也实有其人,此人姓孟,常在咸亨酒店喝酒,人们都叫他“孟夫子”, 其行径与《孔乙己》中所描写的差不多。

何以鲁迅先生最喜欢《孔乙己》呢? 我简括地叙述一点

作者当年告我的意见。《孔乙己》作者的主要用意，是在描写一般社会对于苦人的凉薄。

对于苦人是同情，对于社会是不满，作者本蕴蓄着极丰实的情感。不满，往往刻画得易近于谴责；同情，又往往描写得易流于推崇。《呐喊》中有一篇《药》，也是一面描写社会，一面描写个人；我们读完以后，觉得社会所犯的是弥天大罪，个人所得的却是无限同情。自然，有的题材，非如此不能达到文艺的使命；但是鲁迅先生自己，并不喜欢如此。他常用四个绍兴字来形容《药》类的作品，这四个绍兴字我不知道应该怎样写法，姑且写作"气急虺隤"，意思是"从容不迫"的反面，音读近于"气急海颓"。

《孔乙己》的创作目的就在描写一般社会对于苦人的凉薄，那么，作者对于咸亨的掌柜，对于其他的顾客，甚至对于邻舍孩子们，也未始不可用《药》当中处理康大叔、驼背五少爷、红眼睛阿义等的方法来处理他们。一方面固然是题材的关系，《药》的主人公是革命的先烈，他的苦难是国家民族命运所系，而《孔乙己》的主人公却是一个无关大局的平凡的苦人；另一方面则是作者态度的"从容不迫"，即使不像写《药》当时的"气急虺隤"，也还是达到了作者描写一般社会对于苦人的凉薄的目的。鲁迅先生特别喜欢《孔乙己》的意义是如此。

注释：

①本文写于1941—1942年间，曾收入《鲁迅先生二三事》一书。

②都昌坊口:绍兴城南一条偏僻的街道。当时也有一些小店铺,如酒店、米店、豆腐店、小杂货店之类。

③安桥头:在绍兴的东北郊,离城三十多里,一个临河筑舍的偏僻小村子。

后 语

今年1月，我为本地晚报的专版写一小文，《大狗小狗都要叫》。文中提到，对上了年纪的人，有风烛残年、垂死挣扎之类说法。我的自况是，秋后蚂蚱，虽然时间不多了，却还想蹦跶一下。没想到，赋闲(退休)多年，竟因重读鲁迅名篇《孔乙己》，而引发出一股劲头，着实地蹦跶一番。这次蹦跶，就是集中精力，细心品读这一经典，在不长时间里，陆续写下多篇读后新认识、新体会。

结集在这里的，全由《孔乙己》而发。点数正文，长长短短，不多不少，整整20篇。最早一篇《〈孔乙己〉的主题是揭露科举制度吗？》是1991年的旧作。其余诸篇，都写在2017年秋天以后，大约两年时间内。20篇中，已收入《鲁海求索集》者2篇，新写的多已发表在鲁学刊物或教学杂志，其余为未(待)刊稿。有两篇作为会议论文，提交在2019年召开的两次鲁迅学术会议参与讨论，分别是：

未刊稿《凉薄世界火热心——〈孔乙己〉：一篇展示人性的小说》，投寄"'鲁迅与五四新文化——纪念五四运动一百周年'国际学术研讨会暨中国鲁迅研究会2019年会"(2019.9.

长沙)，参与会议讨论。事后，媒体报道称："本次最高龄的参会者、年逾八旬的谷兴云老教授提交的论文《凉薄世界火热心——〈孔乙己〉:一篇展示人性的小说》，放弃从制度着眼，而从人性出发解读作品，特别指出在孔乙己和小伙计身上展现出的美好的人性。谷老先生对待文学的热忱让众多学者感动，更鼓励了许多年青一代研究者。"

最后写出的《孔乙己典型论——〈孔乙己〉问世百年》，是专为"鲁迅研究与四十年来中国社会思想文化——纪念中国鲁迅研究会成立四十周年学术研讨会"(2019.11.苏州)，赶写而成，报送会议交流。

鲁迅经典，读一遍，就有一遍的感受，常读常新，并不常同。1991 年以来，我几次阅读《孔乙己》，整体认识没有变化，但对个别具体问题，后来认识得更为明确，或者有新的发现。比如，文本中的"我"，原来没有细品，认为就是 12 岁当伙计的孩子，嗣后才分辨出有两个"我"。与此相关，在前后所写文章中，表述不完全相同。在结集时，对各篇或稍有疏误订正，乃至技术处理，但没有一律改写而求统一。

在这里，要表达我的谢意。一谢出版社资深编辑魏青女士，在《鲁海求索集》(2017.10)之后，又接续审编此本拙著，多有赐教。二谢老友，年逾九秩的老寿星，书法家蔡伯仁先生，两次题签，为拙书增色添光。谢谢二位!

结末想说的是，《孔乙己》及鲁迅其他经典，是读不尽、品不完的，我将继续学习，继续写出我的认识与体会。

谷兴云

2019 年 10 月 18 日于安徽阜阳